i

imaginist

想象另一种可能

理
想
国

imaginist

ONE CENTIMETER
Diary of Liu Xiaodong

一公分

刘小东日记

刘小东　著

广西师范大学出版社
·桂林·

图书在版编目（CIP）数据

一公分：刘小东日记 / 刘小东著．—桂林：广西师范大学出版社，2015.5

ISBN 978-7-5495-6542-9

Ⅰ．①一… Ⅱ．①刘… Ⅲ．①日记－作品集－中国－当代
Ⅳ．①I267.5

中国版本图书馆 CIP 数据核字 (2015) 第 079212 号

广西师范大学出版社出版发行

桂林市中华路22号　邮政编码：541001
网址：www.bbtpress.com

出 版 人：何林夏

全国新华书店经销

发行热线：010-64284815

山东临沂新华印刷物流集团有限责任公司

临沂高新技术产业开发区新华路　邮政编码：276017

开本：1270mm×960mm　1/16

印张：20　字数：120千字　图片：58幅

2015年5月第1版　2015年5月第1次印刷

定价：59.80元

序：一公分

2013年我游走在以色列和巴勒斯坦之间，画了一批画，每张画都由两块画布组成，中间是一公分的距离，暗示无法愈合的巴以关系。

人生何尝不是如此，人与人，人与社会，人与自己的理想总是有些距离，我们总是一厢情愿地用一生的时间去弥补这些距离。

索性这本书就叫“一公分”吧。但愿这一公分的距离给我们更多的猜想，更多的努力，充实这短暂的虚幻人生。

感谢广西师大出版社理想国的上下同仁，是他们决定把我十年来的绘画日记以文学的仪式出版发行，让画家尝尝做个文学家的滋味。

小东　2014年11月3日

目 录

十八罗汉 / 001
温床 / 024
多米诺 / 043
人造海浪 / 048
琪琪 / 051
青藏铁路 / 053
吃完了再说 / 063
何处搜山图 / 073
易马图 / 082
上火 / 094
古巴十年 / 100
盐官镇 / 124
观舞图 / 139
童男童女 / 144
金城小子 / 162
金城故事 / 199
1841 年的火 / 207
和田日记 / 217
这些天，很高兴 / 240
巴以之间 / 251
半条街 / 269
记忆树 / 285
向南飞 / 296

十八罗汉

2004 年 5 月 24 日　周一

画军人的事想找李翔帮忙介绍部队，怕他官大办小事拖拉，想着就近找美院管学生工作的越老师，她每年要带新生军训，联系军训地点没问题。

中午饭后正巧碰见越老师，说了。

2004 年 5 月 25 日　周二

下午越老师来电话，说联系好了，在南苑军用机场附近的炮兵连。真快！急与对方通话，约次日下午见。

2004 年 5 月 26 日　周三

个矮，胖，中层干部，张主任带我直奔军队院，出来一矮（郭干事）、一高（杨排长）共去吃午饭。

席间说院内也有画画的，心想应该知道我。饭后赴院，整齐、肃静、宽大，正中午，没有军人，都在午休。画画的叫费硕，果然知道我，说听过我的课。这下方便多了，他愿意天天陪我画战士。太棒了。

军号响，费硕带我去训练场，大院，都是高射炮，几十门大炮。战士坐地一排排，我们从前面走过，一个个青春的脸，真是可爱。训练场人声、压炮弹声一浪一浪，嘁里咔嚓。

声音、场面让我心沸腾，打开装炮的库房，太大，天生一个画室，太多的空间。我真后悔画布做小了，才 100 cm × 200 cm，应该用 150 cm × 200 cm 的画布，宽点能把声音画进来。

费说，想画谁画谁！真的太好了。

2004 年 5 月 31 日　周一　晴

开车一个小时，2：00 到炮兵连，2：30 大兵歌声、脚步声到炮场，我巡视，一小孩似的天真脑勺，叫来，果然小，17 岁江西九江农民的孩子。害羞，紧张，红红的脸，青春挡不住地往外长。

用尺量个，171 cm，头长 22 cm，我想严格描绘这些战士的等人大小站像。

开始画头，手生，拘紧，像学究的课堂作业，没有现场声音感，画身体，迷彩服，好点。

画布就立在库房砖墙上，有战士围观，我怕画不像，以后再画别人不好开展，画得有些紧。

2004 年 6 月 1 日　周二　晴

中午赶去，接着画。我让战士在画上方写上自己的名字。围观人喊叫，说他小学没毕业，不会写字。我调好笔、色仍让他写——胡训品，17 岁，六炮手，江西人，字很倔，比画好。我又根据他的字重整画，头、身体，周边的乱彩，呼应他的倔字，整体看上去好一点。

以后应该让战士先写字，因为他们每个人字体有别，气息有异，能给我作画灵气。

一气呵成方能有些和这些生命相关的东西闪现在画里。

不管好坏，忘记画的规矩。和这些青春的生命直接呼吸，瞎画，一个小时能画完，或者几天画一张，都无所谓，重要的是有声音感，有生生的气息。在这些生命面前，最害羞的就是你的画太像画了。如何不像画？

下张试试。

2004 年 6 月 2 日　周三　晴

远处一战士一闪，像我记忆中表弟的样子，叫来，站在户外房影下，很壮。

李超，18 岁，一炮手，湖北人。他先写上字，画开始了。

没怎么起稿，直接扑上去大量颜料，气壮，一气完成了。又从远处搬来一炮弹，立在脚边。

一干部走过来道：胸大肌小了，战士要威武。胸要大、宽。

这张色彩壮观，平面化一些。

2004 年 6 月 3 日　周四　晴

战士下午学习，我与费进去，在歌唱，又一后脑勺，生生的，土掉渣的。叫来，一手好字：赖宁，英雄的名字（少年灭火英雄同名），18 岁，三炮手，重庆人。

儿时练过几天字，到库房，上衣去掉，少年没长开的胸骨和幼稚的肚脐，紧张笔直站在那儿，脸晒得黑，有块块青春白斑，身体未晒，很白，筋骨幼嫩，胳膊很长。167 cm，头 22.5 cm。

直接画形似，不费周折，很直接触到了他的形，我的神。

十八罗汉3，200 cm × 100 cm × 2，布面油画

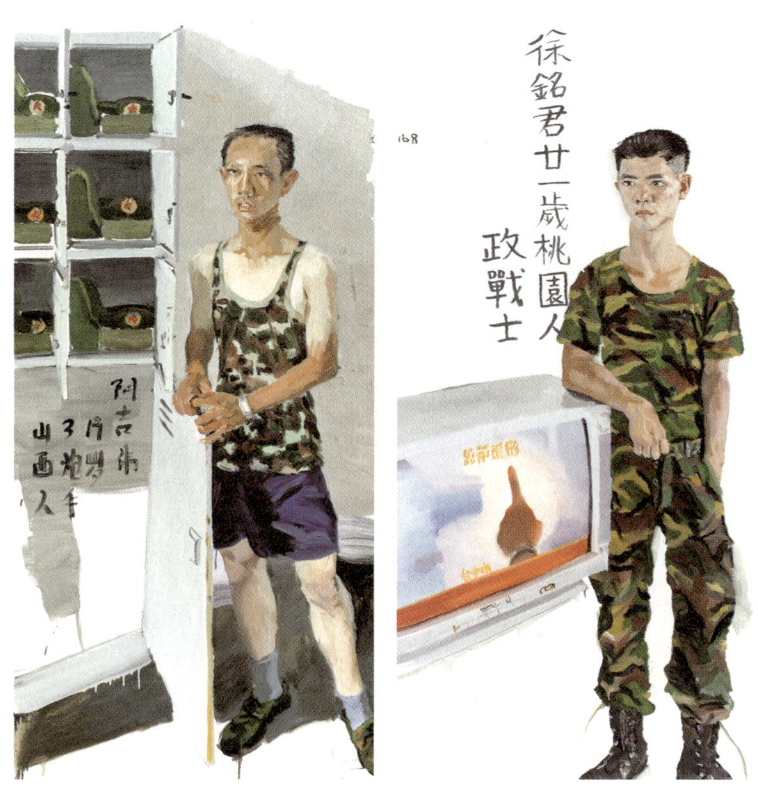

十八罗汉6，200 cm × 100 cm × 2，布面油画

2004 年 6 月 4 日　周五　雨

画连长，第一天就见到过，第二天听说他被撤职了，因为喝酒打坏了一个百姓，人家找来要赔 8 万元，没钱不给，找到军队领导，撤职，转到办公楼做干事去了。

个矮、气盛，有连长的威严。我想画对他第一天的印象——士兵操练，他在读报。坐在库房，一打报纸，头看前方。有黑黑的背景，很难画。在黑暗中提上天蓝的字：韩加杰，29 岁，山东人，连长。画快完的时候，我刮掉蓝字，让他重写，用白色。

还算好，再有半天就画好了。可惜他明天休假回家，半月后才归，只好草中见神韵。

二战士扛着此画，坐像，走过操场。队伍练毕，排队过路，观看，庄严得有些像烈士。

我很累，需要休整几天。

2004 年 6 月 10 日 周四 37.2℃ 高温

阴吉伟，19 岁，三炮手，山西人，165 cm，头 23.5 cm。

内向老实，不说话，部队里长期穿短袖，没晒着的身体非常白。站在柜子边一副少年维特烦恼的样子。

第一天，画了头和上半身。费硕说这张画得太好了，特别动人。

第二天，画了下半身和周边环境。柜子里的东西每人一样，书包、帽子、雨衣，摆放一致，随时可以打开任何一个门，没有任何隐私。

与费硕喝过酒，吃完晚饭，坐在院子里，有蚊子，看着偶尔走来走去的大兵，我问："他们晚上干什么？"

"学习，军事理论，政治理论。"

"没有自由时间？"

"没有，一分钟也不能闲着，都给安排得满满的，有急事才能请假出这个院子。小伙子，不管就出事。"

2004 年 6 月 14 日 周一

休息两日还没有缓过劲来,前两天画了"牛磊磊,18 岁,导弹射手,河南人，170 cm"，英俊、有力。靠在墙上，边上立着导弹，三十多斤肩扛式地对空导弹。

宿舍内人来人往，非常混乱，刚从外地训练回来的司机大兵们。

此肖像连续两日，两日高温，我快中暑了，几乎瘫在那儿，只为画画时太专注,忘记体会高温,浑身大汗,画毕,至少一周恢复体力、精力，及下一张的热情。

2004 年 6 月 21 日 周一 闷热

开车上路，很快意，又去炮兵连。休息一周，元气有所恢复。

他们已经把我的 6 幅画立在了书画班，我还没去过。沿墙摆开，连在一起，看上去可以是一幅作品，挺生猛的那种。

看着这 6 幅画我在寻思下一幅作品。

在大礼堂，全摆满了床，床上摊满了北京外企公司所有的档案，派出所人员不够，全都请大兵们整理。

这个兵先靠在舞台上，台下都是床、档案。慢慢勾上形象、构图，太累了，因为昨晚看了葡萄牙对西班牙足球赛，坐地上快睡着了，醒了，他走了，忘问他的名字，明天再画。

2004 年 6 月 22 日 周二 雨

杨亚江，20 岁，司机，山西省。

十八罗汉5，200 cm × 100 cm × 2，布面油画

山西省

今天也没画完，背景的空间全是床和床上的档案夹，太难画了。人在暗处，迷彩服的花纹有明暗之分，难画极了，明天接着画吧。

2004 年 6 月 25 日 周五 闷

翁曦，21 岁，四炮手，福建人。

叉手站在一串脸盆旁。

这小子是老兵（二年兵），不像新兵那样安分，老是动来动去，听别人说话像是慢半拍的反应。

2004 年 6 月 29 日 周二 阴、闷

黄有秋，20 岁，一炮手，福建人，175 cm。

一笔一画，他字写得很慢，有劲。小光头，体瘦，长。

最后一张，又上炮场，户外写生啊。有炮，有楼，有这精干的小伙子，拼了两天画完了，得意不已，因为总算完成了最后一张，况且画得不赖。

颜料留给了费硕，他又帮我洗了两支笔，刮了调色盘，此两项带走留念，送我至大门外车旁，下午 4：30。

恩重不言谢，他陪了我整整一个月，没有他，我没可能完成此九幅神品，转车头，挥手，还在想，这真是好兄弟，小战士们也真是可爱。

2004 年 8 月 2 日 晴、热

前天傍晚到金门（从台北到金门飞一个小时），空中看下，海岸线上是成排的铁扦，直指对岸。路很好，像外国。飞机很小，坐上接车，路上无人，房屋稀落，杂草树木遍野。若在大陆，如此美妙小岛怕

早已开发大楼别墅。童年似的景观。

住店，寻找能看到厦门的海边。天暗了，看不见。以为到处海鲜，其实很少。只在路边找到一间有鱼缸的小海鲜馆，吃三个小螃蟹，吃高粱酒，入夜，无行人。卡拉 OK，每小时 1600 台币，每次 500，陪唱 600，三十多岁的女人，退出未玩，路上有警察查车。

昨天出租车带我和海平到处转转，八二三纪念馆，民俗村，海边看厦门，不清楚。入夜，转小巷，买瓶 10 年前的高粱酒，又去那家小店吃螃蟹，深夜归，看恐怖片，凌晨入睡。

2004 年 8 月 5 日 热、烈日

昨天傍晚，骑车环路两个多小时，挽回一些这几天的沮丧，风吹着脸，有时路边拍拍照片，往陌生的地方骑去，但什么事也不会发生。倒是车链子掉了一次，少年时这等常遇到的小事竟然让四十岁的我忽感一惊，老办法重新装上链子，一手油墨，这才欣然，我的本能还没有退化到不可救药的程度。

晚上与家人通电话，女儿哭了，我也流了泪。到底是什么力量让一个人愿意常守一地而不愿背井离乡？

今晨，坐得端正，架好厚厚的《黄河青山》细细品读，黄仁宇在我眼里老看成黄世仁。不过在寂寞的时候，我倒老想把自己变成老人，慢慢凝视眼前的时间。几只细小蚂蚁在我饮料下方忙个不停，几辆摩托车在眼前路上穿过。在树荫藤椅上，我仿若身在非洲，觉着上帝在欣赏我的安分。

2004 年 8 月 6 日 还是烈日

下午 2：00，摩托准时带来阿兵哥，青壮，肤色比大陆兵白，戴眼镜，标准壮兵。楼里楼外找光线，还是外光好，在饭店花园树下开始台湾第一件画作。

有点逆光，傍晚更显。站姿笔直，请其稍息，见其两脚分开，双手背后，原来这个稍息动作与大陆是有差别的。

画毕请其题字——闻钊，29岁，台北人，文书兵。竖写，一笔一画费尽其力，写毕，汗流。其字拙朴、悲情且纯真，好字，一定练过的。

闻钊有一弟，小八岁。今年第二年兵，正在大学，没过学分，充军，做文秘工作。退伍后打算去大陆找事，说那里正在进步，有机会。

夜观此画，绝好，不可动一二。

2004年8月6日

今天等阿兵哥来画，下午2：00约好，上次我迟到几分钟，很不好意思，想今天我该早早下去等，可是等到3：00无人，我打电话给王志政（金门教育科长助理，负责我画阿兵哥之人），他还没联系到，下午4：30，我无望再打电话，说有军务，今天不能来，明天准时。噢，天啊，我每到资本主义社会都按其规矩行事，没想到今天不成，无聊至极。傍晚6:00，骑车独游，想去喝酒。顺海边骑吧。

到个小渔村，有钓鱼场。试试，胡扯，绳细如十分之一头发丝，钓螃蟹，那不扯蛋吗？我试试，100块台币一绳，不用说，绳细根本无法承受螃蟹重量，心想和大陆一样，黑心。

临走，店家在场上烧烤，见我学生腔吧，问我是不是日本人，我说从北京来，约我就地喝酒，我不好意思，还是坐下来喝了。我实在是一个星期没说几句话了，喜欢这个场面，大大小小十几个人。烧烤丰盛，高粱白酒。没喝几口，让递名片，呈上，他也给我，我念出声，他们惊讶，以为我不识繁体字。

洪兄比我大一岁，董弟小许多。董弟脱衣赤膊，露浑身刺青，龙，小人在背后，说是关公，没刺好，文身人让董给砍死了，噢，港台片的黑社会的套路。

我心想我是半个出家人，不怕这些生死之事。我们划拳、喝酒、高兴。问我干吗的，我总以诚实相告，资本主义无需作假。他们知我画画的，就让我画画，似以此考验我。我画了漫画肖像，又来了个女儿，真是漂亮，像港台剧一样，不合时宜出现非本地似的美女，我也画了。好像共有三个求画。我说我是郑板桥，可以以画求饭了。他们说他们每天喝到凌晨 4：00，问我能到几点，我说随便，我一人在此，没有时间概念。

于是划拳行酒，酒过半斤，我真不想回去，可是又来几拨人，好像有一位似有见识的大佬。没多久，他们问我是否喝够，我明白，我该走了。

喝酒没几口时，他们说打起仗来就去北京找我避难。我马上想这真是中国人。可是他们送我时让我坐车，我说骑单车，他们就真的让我酒后骑上，董弟背后开车跟着，说顺路回家。这好像不似中国人，更像美国人。

画完漫画签名才问时辰，方知今日才到 8 月 6 日，此前台湾日记应错一日二日。

2004 年 8 月 9 日 烈日

7 日 8 日两天画徐铭君，21 岁，政战士，即政治宣传战士，负责战士们的精神辅导方面，比如战争心理、失恋想不开等等。

他一只胳膊支着电视，脸色红润，台湾桃园人。家有一姐一弟，大专两年后参军。参军半年后与过去女友分手，像大多数阿兵哥一样，当兵半年左右常常其女友与他人好，与阿兵哥分手。说是台湾生活节奏快，金门这里时间像凝固了。阿兵哥大都不情愿地尝过失恋的滋味。

2004 年 8 月 10 日 烈日

9 日 10 日画林祐生，23 岁，步兵，171 cm，台北人。不苟言笑，有一妹，小一岁。

9 日在室内画，油料味太重，打扫卫生女士呕吐。10 日改在户外。背景画金门老宅鬼院。以后都在户外画吧，放得开手脚。

傍晚骑车瞎转，青青油漆路，左右无人，前后亦无人，移动的风景真是好看，没人的风景一旦停下来凝望，有些恐怖阴森。听着轮胎压在干净的柏油马路上的声音，深感孤单，久了，麻木，总想着现在是在练习忍耐力，为日后监牢生活做准备。人若孤独，在哪都是蹲监，只有大小之分，混久了，有熟人而已。

2004 年 8 月 11 日 烈日

昨晚收到喻红短信息——

老公，我正趴在海滩晒太阳，听着海浪声，八四年我们用砖头录音机录下这海浪声。初恋已经 20 年了，再过 20 年生活会是怎样？ 2004.8.10 16:35:13

八四年来北戴河初恋，九四年第二次来怀着红孩，〇四年红孩十岁。青春不在，人生苦短。2004.8.10 20:28:59

我们爱你，上午去滑冰，很陡，如果你在就会陪红孩滑，我怕但还是咬牙陪她滑了，并不可怕，后来我们坐快艇，她很开心。2004.8.10 20:48

我的手机最多存12条短信，至今仍在里的最早的是2002年10月4日，17:59:45的短信——爸爸，你的画展成功了吗，明天工人就装窗户了，你回来就能装好了。红孩。（那时我在法国巴黎）

2004年8月11日 仍然烈日，不变的每一天

来了个黑黑的青年，林健好，170 cm，笑出白牙，憨厚可爱，23岁，台湾原住民，住在高雄，山上地下都住过，家有8个孩子，上有4个姐姐，下有两妹一弟。一看就不是汉人，他说没有是不是汉人的概念，只是上学时演出不用化妆，因为长得有立体感。家有8口一定热闹好玩，他说孩子多，都常在一起，不用过年就很热闹。父母一定很开心，看着儿孙满堂，他说父母总是说累的。

我原打算今天画的背景配上防空降兵的水泥杆子，可看他这么乐观可爱，恐怕得换个背景，那个背景适合清瘦的阿兵。户外勾出他的轮廓，决定配上兵营和剑麻。明天再画一天。

2004年8月13日 阴 闷热

昨天又画了一天林健好，非常专注地画他的脸和衣服，竟忘大汗淋漓，几乎瘫倒在地。这次我想画好每一条衣服的花纹，有点累了，画到6：00，还没完。这是个好孩子，他也汗流浃背，今天约好接着画，但愿下午能画得更完美。

2004年8月16日 周日 骄阳似火

前天画完了林健好。还好。

昨天突袭一画，李浩然，23岁，高雄人，军械士，士比兵大一级。家有弟妹。

十八罗汉4，200 cm × 100 cm × 2，布面油画

十八罗汉7，200 cm × 100 cm × 2，布面油画

背景画成防空降的柱子，他靠着，像受难。光线不一样，很难画。

画后几乎呕吐，太累了。休息一两日。

2004 年 8 月 17 日 烈日

上午 10：00 来了邱永彬，23 岁，桃园人，少尉排长。军校两年到部队就任排长，要在部队服役 6 年。今年第一年。

父母离婚，现与母亲过。母亲在金门经营 KTV。

白描其像，爽气袭人，不想设色，暂留下来，日后再说，也许 18 件作品中有此一件白描会有透气感。

晚上从网卡回来，见饭店老板与几个人院中喝酒，凑凑热闹。聊起碉堡展，一电视人说金门的女自卫队是最应该画的，当时全民皆兵，女人的负担最重，要看家、照顾孩子、照看小店生意，还要拿起枪准备战斗。恰巧同桌有一女生，26、27 岁左右，很有金门人特点，轮廓清朗，我答应了，但还犹豫在 18 罗汉像中怎么出了个女的。

但是再画男的我都快要疯了，已经画了 16 个男的了，给 18 罗汉改名算了，就叫 18 个肖像——战场写生，18 个肖像！

换个口味，随机应变，画了算了，这种长相的女的我还是很想画的。

2004 年 8 月 18 日

有时我会感冒，体温升高，头疼体乏，无精打采，走在街上，头都懒得抬，偶尔坚持抬起头，看着街上的人，绝望，我如此头疼，别人也一定头疼得要命，可是我实在不理解他们怎么能在如此头疼的情况下骑车，走路，有滋有味地活着，说笑着……其实他们一点儿也没头疼，这个世界不因为我的头疼而有任何不舒服的感觉。可是我真的感到绝望。为他们也为自己绝望。

2004 年 8 月 19 日 热

这两天画庄彤，前面说的那个女孩，年龄没问，饭桌上别人说属兔，那大概 29 岁。金门人，形象方、冷，眼大，我想大概几百年前与荷兰有混血。上有两姐，下有三妹二弟，排行老三，又是一个多子多孙的大家庭。

小腿、小臂有长疤，很长、重，说是 18 岁时飙车摔的，缝了三十二针，腕有烟炀印，背有两处文身，家里孩子多，野性十足，但青春因为上身已经开始长宽，而将从眼前流走。

没画背景，18 罗汉有此一女，更有味道，怕要改成 18 个肖像了。

2004 年 8 月 26 日凌晨 暴雨

刚刚是台风，我第一次见台风，在灯光中，一股股巨浪般的风，树被抽打，前躬后屈。房间空调进水。没有想象中可怕。

这些天一直没画新画，在改旧作。

徐铭君的胳膊下的电视画上具体内容，一只手指着发光的场面。庄彤的身后加上通向海边的孤寂的路。毛草草的有些性感。

又重复画过李浩然的背景，深入许多。明天我想把邱永彬的背景加海边的防船登陆的像炮一样的石柱子，他的脸我已经加了色彩，这是前几天又请他来画的。

睡得越来越晚，心情沉寂伤感睡不好。

十八罗汉9，200 cm × 100 cm × 2，布面油画

2004 年 8 月 27 日 台风过后，晴朗有风

昨晚情急中画了墙，水头附近的一堵老墙，留出空位，等今天来的阿兵。

墙画得“历历在目”，近看麻人。

来了阿兵——蔡明峪，台南人，21 岁，化学保养兵，填上预留的位置，动作有点变动，手扶旧墙，头抬高一点。扶墙的手和头的关系很有意思。

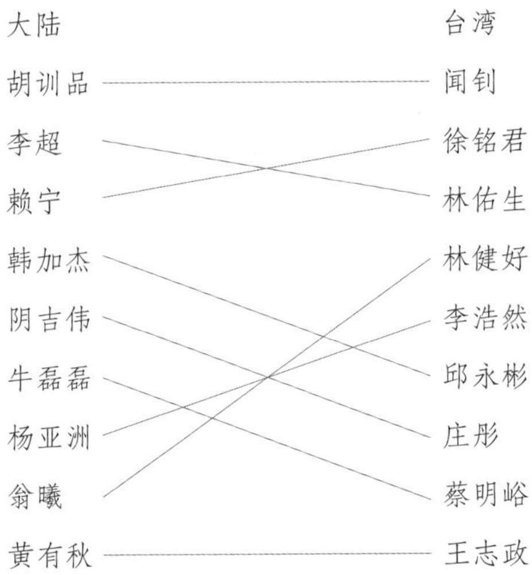

抄录红孩儿短信：

（1）爸爸，想死你的红孩，爸爸，你在干什么？版纳可好玩了，我在喝椰子汁，妈妈给你买了件衬衫，今天我们就要回昆明了，然后去大理、丽江。8 月 23 日 16:32

（2）我们也很想你，宝宝老气我，说我是芭比娃娃，妈妈

让我说芭比娃娃多好看呀，想你的红孩。8 月 22 日 20:07

（3）爸爸我们今天在大理去划大船了，宝宝和一个叔叔还有我在船舱里玩牌，想死你的红孩。8 月 25 日 18:13

（4）爸爸我们今天到丽江了，看见了玉龙雪山，想得你而且都不知道到底想不想你的红孩。8 月 26 日 18:58

（5）爸爸，我好想你呀，今天下午我们在丽江古城逛街了，把我累得半死，我还在半路上看见一颗亮亮的星星，快被累死的红孩。8 月 26 日 22:23

（6）爸爸，我好想你呀，今天晚上的天空好漂亮，我一看就想到你，你那儿的天空好看吗，今天我们还骑了 2.5 小时的马呢，上了海拔 3500 米的山，我一点都没事，快被想死你的红孩。8 月 27 日 21:04

（7）爸爸，我们刚刚到昆明，你在干什么。我们在吃饭，我可想你了，如果旁边没有别人我就会大哭一场，快想你想哭了的红孩。8 月 28 日 22:23

2004 年 8 月 29 日 阵雨 又日晒

昨天下午王志政开车带着我所有画具到南山炮阵地一带寻景，我要画他站在兵哨里。我实在画不动全身了，要用兵哨的墙挡住身体，只露他的头。

找到一处理想地，在布上画草图，又转到另一处拍照。回来迅速冲印，在我的记忆力没有减退的情况下，连夜一气呵成，直到凌晨 1 : 00。很棒的一张，最后一张画像。我一直犹豫他的字写在哪，因为此幅几近完美，没有任何角落再添一笔。但为了整体构想，这个字必须写。今天中午请他来，我仍在犹豫，最后让他写在正下方：

王志政，金门人。

也许过几天再改位置。

金门人都是战士，无需年龄、职务。

温床

2005 年 7 月 26 日

2005 年 7 月 19 日—25 日去了三峡，先到重庆，长途车至万州，快船到奉节，长途车至巫溪，包船顺小三峡直达巫山，再船到三峡大坝，后乘车到宜昌，飞回北京。

我想在奉节或巫山的老县城请 12 个仅穿内裤的民工打牌，我将 2.6 m × 10 m 的画布铺在地上直接写生，他们的身后是壮阔的夔门，或长江大山。淡勃与我同行，感想颇深，因贾樟柯的德方投资有问题，淡勃想投此片，他的原话是让两个现实主义大师做一件作品。——伟大的投资人，他真是有希望成为最好的藏家。

关于美国波士顿美术馆展出计划：

2008 年波美要办水墨画展，用传统中国水墨。我想用水墨在绢上直接画 9 个当地高中生（9 表示无限多），画在宽 1.5 米长 10 米的绢上，在画前摆放一把真手枪，题为“谁用过这把枪”。

以此表达对校园暴力受害者的关怀。

2005 年 9 月 6 日

赴三峡奉节写生计划已经实施。贾樟柯已在奉节一带写剧本，明天，9 月 7 日我将直赴宜昌，快船逆流而上，奉节与贾樟柯会合，9 月 10 日吉日开机。

此前有些周折，贾导故事片欲望甚强，编织情节较多，我与淡勃坚持此片应回到原点，即以此作品出发，再发展他的故事片情节，我不能作为此片演员形式出现，强化我与贾导的平行视角关注三峡，我有我的平面化视角，他有他的故事片延伸。

目前已基本达成共识。

2005 年 9 月 8 日

时隔三年，又在三峡大坝上，一样闷闷的太阳睁不开眼。这次上了坝顶，往下看泄洪。水位已涨到 139 米。26 台发电机已有 11 台发电。2000 年预计发电量占全国 10%，2005 年的今天却只占了 5%，十年后呢？估计全是沙石，无电可发。

当年葛洲坝使得能长成 6 米的与恐龙同辈的中华鲟回四川的而回不去，撞死在拦腰大坝上。

后天开始的画，每天的光线不同，每个人也许不一样的光影，因为一天画一个人嘛，这样真的很好，有意思。

2005 年 9 月 10 日

昨天在宜昌开往奉节的飞船上，看着已经走过五六次的长江水，嘴上起了大泡，前面还有很多辣的食物等着我，闭上眼，有点烦。嘴上的泡还在膨胀，到了奉节，穿过一片猪圈味的老县城垃圾，到了宝塔坪夔门大酒店。放下行李，打过招呼，又去老县城准备画画的将要拆掉的楼房顶平台上。

巨大的画框（260 cm × 200 cm）5 个，14 块大的胶合板，5 个巨大的画架，一个双人大床垫，还有些剩余杂木料，满满两大卡车。所有东西根本无法通过窄窄的楼道运上去，只能拆了或用绳子吊上去，楼边也都是电线，每吊一个大件提心吊胆，天黑了，没吊完，快 9：00，吊齐了。我很累，因嘴上泡有些发烧。回来草草吃点，看了贾的前半部剧本。心烦意乱，狠狠地睡了。

晨，10：00 起床，心有平缓，嘴泡结痂，吃了鸡蛋面，喝了茶，再看剧本，心情好多了，只要慢慢来，一切都会好的。（昨夜，没有剧组和杨旭、彭晖以及 5 个“棒棒”卖力，画框等大件根本无法想象能运上楼顶，在此深谢。搬完东西，9：00，饿、累，又去下面一“棒棒”们住处，挑选一下，准备画他们，这些“棒棒”太老了，50 岁左右，面带抱怨，心有恨意，我想还是找回上次我来遇到的那些“棒棒”画吧，那些人是拆大楼的大工人，身体和心胸大些，我喜欢那些人。）

下午去了上个月我曾去过的老城拆迁废墟，那些曾让我拍照的工人们住的房子已经成为瓦砾，人去楼空，鄢雨去马路对过问个究竟，我正惆怅间，“在这儿呢！”鄢雨喊我，真的，老天爷，他们还在，只是搬到马路对过临时还没拆的破房子里。他们个个都在，我真是想他们了，好像都瘦了，是不是拆底下的医院染了什么病？我给他们照片，围过来抢看，个个高兴，我也高兴。约好明天下午 2：30 开始画他们。

傍晚，饭前，贾导拿来全剧本，他们熬夜，也让我和淡勃苦等的全剧本。觉得是一部很完整的剧情，我的出现是以纪录片角度切入剧情。我与淡勃通了电话，决定放弃故事片，请贾导放手去干，我们要纪录片就行，因为我们不希望如此大规模的艺术行动被导演当作他电影的一小部分素材，投资仍按原计划照付，只是要求把我从故事片中彻底摘除，只在纪录片中出现。贾导、制片、摄影来我房间谈了他们的想法，说我的部分是影片的灵魂，有了这部分可以发生很多电影语言，以区别其他电影，只是这部分很难写在剧本中，只有在实际拍摄中才能生发出来，应该相信他们的敏感度。

深夜又与淡勃通电话，我说可以答应只在顶楼平台画画时拍摄，不参与其他任何与剧情发生关系的部分。

其实我知道任何艺术家都是只想着如何把别人当作自己创作的素材，如何摆正这种关系才是高手过招。

明天先在平台上拍拍试试吧。

2005 年 9 月 11 日

又是“9・11”，去年“9・11”在金门，今年“9・11”在奉节。11 个民工随我上了平台，摄制组都架好了。我安排民工打牌——在人民币中间打牌，在钱里耍钱。

大稿已定，明天将逐一完成之。明天画汪庆松，工头，每天的工资都是通过他给其他民工。

今天很顺利，所有的画铺在地上，全部落稿，余力伟说过程像行为艺术。他一直在拍摄。

2005 年 9 月 12 日

上午去了平台，杨旭、彭晖找来木工准备做一个棚子存画，估计天黑前做毕。

老城到处像尸臭味，老鼠般的生活和气味。剧组一早就出发了，拍摄真是时间的艺术，充满细节，从早拍到晚。画画不一样，对生活的时间性和具体性都不是我要表达的，我只对上帝的造物感兴趣。比如我不想画老城的脏臭的生活，但在脏臭的生活中，这些青壮的身体，是无法因为脏臭而变得不美的，这些壮阔的景观也不会因为具体生活的脏臭而变得不壮观。

我讨厌声称为明天做艺术的人，艺术只为眼前服务，后人自有后人的活法。油画这种老臭材料对今天的中国来说是蛮对味的，到处都是煮熟了的风景和煮热了的人，油彩也是煮熟的东西。

下午 3：00 画汪庆松。

2005 年 9 月 13 日

昨天画了汪庆松，中间阶段有点不耐烦，画了背景，安静下来。画画到无秩序混乱不知所措时，找一个地方把它画得安静下来，一切随之好转。今天接着画他再加余代其。现场画如此大的写生实在是挑战。

下午画回来，太累了，天天毒太阳，嘴上长泡，后背起包。画得不顺手，明天画画别人可能能把今天的败笔转成妙品。在烈日下扑在地上真是在烧自个儿。明天一天此张完事，15 日扑地两张背景同时完成。天、山可以碎笔，长江只要一笔，滚滚长江泻千里，喷泻出去。

2005 年 9 月 14 日

昨天画完余代其、钱值贵上半身，还成。淡勃在场，今天 Jeff 他们也来，画另外两张。

2005年9月17日

今天阴晴天，白云缠绕在透明的青蓝色的山间，没有雾，才看清江对岸的山间美丽的细节。这两天，方传安、汪建红、杨圣桃几乎画完，方传安赶上阴天就画成了阴天的光线，别人是太阳天画的，这幅的背景赶上傍晚没了太阳的时候，也就画成了傍晚，Jeff说得对，把时间画进去了。今天画刘昌桥，也是阴天。写生是绝对地真实地对每一个细节的抄写，等抄写完毕，整幅作品却不是在同一空间、时间里的，他们各在自己的空间、时间里，像我们的生活，完全在片段中，在片段中不知不觉完成我们的体验。

2005年9月18日

今儿中秋，昨天画了刘昌桥，很顺手。今天下午画朱吉成，18岁，最年轻的大屌。昨天是雨后，太阳穿过云层，空气清透，山景与前些日子的雾气状大不同，青蓝的远山充满细节，扑过去地好看。

画毕朱吉成，我对此画更有信心，这小子被我画得太好了。一顶大炮。

八月十五之夜，请全体剧组吃烤羊。

2005年9月19日

画小民，然后画了他身后的风景——夔门。他在中午的阳光下，等画到背景已是傍晚，时间从他走到夔门用了3个小时，也就是说，在这次这张作品里，时间不停地在人物与人物与景物间穿行，从中午到傍晚，从晴天到阴天。

2005年9月20日

意外，回家过十五的谭长全回来了，本打算今天画风景的，他回来了就画他吧。很快把他画完，马上又画风景，人物有了，风景也有起色。谭长全在烈日下，汗水金灿灿。风景在暮色中闪闪发光又深远透人。

明天画另一张纯风景，没有人物。

2005年9月22日

今天停工，没白色了，明天赵俐从台湾经北京带颜色过来。若有足够的白色，昨天就把大风景画得差不多了。风景难画，画画才有感觉，山不错，滑坡需要改进。明天画三明，最后一张，大干一场，腾出后天再画风景。

2005年9月23日

上午11：00，汪庆松死了，被正在拆除的楼骨架压在了下面，就在第一次我见到他们的那片楼上，那时我请他们在那片楼的平台上打牌，我拍了照，当时对他的弟弟汪建红很有记忆。这次来再请他们被我画的时候才知道他——汪庆松是他们的工头，他从家乡带来十个兄弟，在这里靠楼房为生。这次来，9月10日我去找他们时，见到上次他们的住房已成瓦块，我心中就有不安，昨天还拍了几张工人还在用绳拽倒楼顶的残垣断壁。生命如此偶然来去，说多少都是无力。

晚上，我和剧组主创人员十余名来到他出事的江边废墟，烧香烧纸为他送行，而他早在下午已经被渡江船运到他的家乡。

2005 年 9 月 28 日

一大早，送走剧组，他们去巫山拍戏。回来时，院已空，房门打开，留下一些他们的东西，他们 10 月 2 日返回奉节再用。心坠入空静。

昨天将所有的画吊下楼顶，6 个民工王玉、老潘、葛和杨旭，一队人马上下翻腾。傍晚装入木箱，木箱在垃圾旁，我们苦等卡车，入夜，天黑，巨大的货车来了，折腾半天，走了，杨旭随车，苦了他，他要随车颠簸 16 个小时到达重庆，然后火车进京，入画室。

前天还在画三明，有剧组拍摄，手感忽好忽坏，没到理想程度，再有一个小时就好了，回去再改。

水向东流，千绪乱心头。

大事小情，时光依旧。

2005 年 10 月 4 日

喻红带女儿来奉节看我。我也请叶洲、姗姗、路江一家三口来三峡。一行八人爬上我画了二十多天的废楼顶，顶上已经打扫干净，那个破沙发还在，我的调色板孤单地靠在墙边，矮墙上还有半瓶调色油，半瓶松节油。

我带女儿环顾四周，想着女儿来这看我，眼泪几乎涌出。抄录十一岁女儿当天日记聊记此行：

六（1）刘娃

10 月 3 日

今天，我们八个人一块去奉节了。我们来三峡的主要目的就是去我爸爸画画的地方。

爸爸的新作是由五张两米乘两米六的油画组成的，他主要画十一个民工在旧县城一个废墟的楼顶上打牌。背景是滚滚长江和夔门山峦。

从我们住的酒店出发到那儿坐车要二十多分钟，我们从两个小商店中间的一个小拐角下去，走许多台阶就到了这栋旧楼。爬了五六层才到了楼顶。我看见这里空荡荡的，只有一个破烂烂的小沙发，旁边有个擦得不太干净的正方形调色板，一个用塑料布搭的小棚子，这是专门放爸爸画的地方，还有几盆小花，虽然我不知道这些花叫什么名字，但是我知道这些花浇水次数很少，都有些枯萎了，长得不怎么样也挺难看的。这里早已是破破烂烂的了。爸爸在这种地方画画，真是够惨的。

从这里可以看到滚滚的长江，上面有许多船，快船、慢船、摆渡和渔船等等。从这里还可以看到夔门，山上有一个尖儿，从十元人民币上就可以看到。但是江水上涨了，山也显得矮了许多。爸爸整天可以看到这么美的风景也不错。

我还要附上女儿刘娃的另一篇日记。我读给她妈妈喻红听，但眼泪遮住了我的眼也堵住了我的咽，她妈妈也失声了。

10月5日

游记

一、水泥厂

今天我们去了一个倒闭的水泥厂。

从我们住的夔门大酒店出发用了差不多二十分钟，就到了一个名叫桂井码头的地方。我们一家人本来准备坐着车上船渡江的，但是船坏了，我们等了两个小时，船都没有来，最后我们只好坐摆渡过江了。我们为去水泥厂，顶着烈日走，我的两条腿累得迈不开步。

刚进水泥厂我们就看见一堆破铜烂铁，还有许多堆石子，这些都是生产水泥的原料，但是它们再也不可能变成水泥了[……]。这时走上来一个身穿绿色背心的中年人，大约四十多岁，长着一脸的连鬓胡子。他说："这里叫做重名水泥有限公司，是国营的。原来有几百人，现在因为资金不足而倒闭了，只留下十几个人在这看门，不然有些人会把这些设备拆了偷走卖钱。""这里已经很老了。"我对着生锈的大铁管子说。

我发现这儿不仅有十几个人，还有两只狗和一只羊，听说母狗生了五只小狗。山羊的皮也挺像牛皮的。在荒草中静静地吃着野草。

这真穷。

二、老县城

今天下午去完水泥厂，我们就直奔奉节县城。

一进来第一感觉就是——这里好穷啊！

因为中国有许多地区没有电，所以要修三峡大坝。三峡大坝可以给各地输送电力，但是因为修了三峡大坝，水位上涨，分为三期，最高水位可达到一百七十五点一米。旧县城大部分已经永远沉埋于滔滔江水之下，许多人不得不离开他们祖祖辈辈生活的地方，去更高的地方或者到别的地方去。将来剩下的老县城也会被淹，所以大家都忙着拆房子，以免日后有暗礁和漩涡。还有一些人搬走了，有很多人就住在空房子里，因为不用交钱。

有些小孩在地上坐着玩，衣服都脏兮兮的。住在用塑料布搭的棚子下面的床上。

到处都在拆房子，到处都很危险，他们就住在这些随时都可能发生危险的地方。

看着这些废墟，我想：只要每个人都努力学习，争取改变自己的生活，中国就不那么穷了。

2006年1月24日

22日中午1：00，老淡夫妻、孩子，皮夫妻，邬迪，群，我家三口到机场，赴泰国飞机取消，几经皮力周旋，改机五点多总算起飞了，深夜十一点多到曼谷，郑林夫妻接到直取饭店，凌晨三点多到旅馆，很好的公寓，有点睡不着。

23日，郑带我买松节油、笔等。

24日中午1：00到画廊，11个女孩来了10个，换衣服，郑林水果也买来了，铺了一地。先摆4个胖女坐床垫上，其他靠墙站，喻红他们说不够糜烂，躺两个在床垫，又躺一个在边上，坐两个在沙发，只留两个味道好的站着，她俩将是画面提神之造物。画布铺地，开始画了。

从左至右，人物越画越大，倒上松节油，用白布狂擦，打乱格局，留下这些痕迹对未来画面很有激活之好处。

5：00了，来了两个女的，留下一个。接着画。6：00前今天工作结束。6：00开局式来些人，隔出的墙上皮力布置了地图，温床之一的图片和每天我拍一张拍立得。

委屈邬迪大摄影师拿我的家庭摄像机拍了今天的开场戏。

晚饭豪吃，总是豪吃担心给郑林的压力有点大。

2006 年 1 月 25 日

调整构图。从左向右画，人物越画越大，改之，用松节油擦掉，再画。剩点时间，画点静物，在画布上调颜料，痕迹很灿烂。

2006 年 1 月 27 日—30 日

团队去 Sumui 岛度假，以前和谷峰夫妇曾去过的 Sumui，机场很可爱。大家住在山顶的别墅套房里，坐电瓶车到山下海边。吕越、郝智强带尧尧也来会合了，十多人大团队。在海边吃饭，看孔明灯升空，红孩很伤情，写了很动人的日记。

31 日在曼谷休整一天，2 月 1 日赴柬埔寨。飞机在一片沼泽地中的小机场着陆，这里叫新立省，吴哥窟就在这儿。大吴哥小吴哥，任何古迹都很像热带的树冠，奇异，只是游客太多，很煞古迹心情。这里的人们还像过去的中国苍蝇老鼠般长在臭水沟边。柬埔寨几乎每家有枪，人命值 3000 美元，红色高棉 1975 — 1979 年执政期杀死 300 万，近柬埔寨三分之一人口，全部下放，只走无回，用斧头、木棍或活埋，为了省子弹。柬泰边境至今仍有无数地雷，当年红色高棉被越南支持的洪森围剿所设。

2 月 3 日回曼谷，4 日又开始画画，从左画起，画 Bee，Nan 来陪她。其实我不知怎么才能画好，甚至每张作品的开始我都不知如何画起，但只要有了开头，下一步就知道怎么画了。

画廊里的灯光冷暖很分明，当暖光照到画上，还好，冷光来了，真不知画的什么颜色。问题是暖光照在模特儿和画布上，冷光打在调色板上，模特儿被照得通亮通亮的，甚至直接上柠檬黄都觉得很灰，所以这张画完成后拿到太阳光下还真不知道画成了什么颜色。大概会太生，太艳，明天应该有意凭经验画灰一些。

（上图）温床之一，260 cm × 1000 cm，布面油画
（下图）温床之二，260 cm × 1000 cm，布面油画

皮力的画册设计很好，他带大队人马今晨离开曼谷回北京。从1月22日至今15天，天天20人左右像过年一样，一起吃喝玩乐。真的很累，晚上吕越一家人从柬埔寨回到曼谷，看来我想独处还有几天。大家开心，我很幸运。

2006年2月6日

今天画了Tae，老老实实憨厚的光部，有雕塑感，画起来也顺手。各种冷暖灯光打在她的脸上、身体上，忽冷忽暖，有些难于画出，最后还好，手脚不是很理想。画完后，摄影师来拍画，我可以看清这块画布，有些新和干净，等全部画完再调整吧。

2006年2月7日

今儿画了Nid，黑黑的，魔鬼体型，站在角落里，改变了原来的站姿，手不再扶墙，只是靠墙角就行了。她在画的上部，很高，站在椅子上，把手举到最高才能画到她的头，暗暗地、虚虚地靠着墙角，原以为很容易画好，因为我画画的动作太难控制，没有达到我预想效果。我原想把她一气呵成，躲在画的深处，虚幻得像个魂飘在这群女子的后面。看看明天把前面的人加强是否能把Nid推后一点。

2006年2月8日

早晨被老婆孩子拽起练瑜伽，下午1:00到了画廊，很有精神儿，Nan也来了，开画。白白的肥美的唐代美人躺在床的正中，色彩非常微妙，脸部红润发光，简单的衣服缠不住外绷的肉体，在描绘五官之前，我细心塑造了脸的形体和色彩，然后画肉体部分，最后画衣服和黑黑的头发，没有着急画出效果，直等最后显现，真是棒极了，这个人物画得！几乎达到哈尔斯的脸、马奈的胳膊、戈雅的脚的境界。

2006年2月9日

轮到Hnung了，瘦小，肤黑，泰国样子，我把她画成胖小了，像个秤砣压在画幅的深处。因无顾忌，故此人画得凶狠、果断。临了，Rung来了，正好画她半个脸，一半在第二块布上，一半在第三块布上，两半脸接不上，因为第三块布上的人物需要低一些，只好拆开她的脸。

画完去吃越南菜，红灯至少半小时才通过，一个很有情调精细的院落。阿寥送红孩儿一个很贵重的金佛镶钻项坠。阿彪送来一包鳄干，老郑又拿来两盒燕窝，因为明天一大早喻红、孩子就要回北京了。

2006年2月10日

画Jing，按原构图把她改大了一圈，所以开始较乱手脚，上身暖光，下身冷绿光，很别扭，暖光使上身柔和，冷光让下身强烈得像个男生，她不停地咳，病了，我抓紧一切时间，突袭完成，效果还不错。只是那双脚画得像我自己的脚。

2006年2月11日

没想到今天把Pang画得比预想的好。整幅作品的左半部是紧紧地抓在一起的人群，作为中间画布的Pang很需要休息一下，接下来是右半部的冷静气氛。所以画好Pang对全画很重要，我很冷静安心地画了她的脸，她的身体，最后画她的头发和脚。把她画得平面一些，简单一些，也没想到她的左腿比起稿时动态更好许多，更顺整体作品的气韵。为了对比她的平面感，她的左右两人的画法需更交织一些，烂一些，尤其她右边的 Aee 需要画得更团团一些。

我开始失眠。无数乱事上心头，无法与人商量，又没完没了的一件事都不能少地干下去。什么时候是头啊？二月底画完此画，三月份开学上课，四月份赴美个展，五月份赴法，七、八月份去意大利，还答应五月份去陕北踩点画马市的大作，天呐，怎么没完没了呢，我干吗答应这么多事呢，一件一件，周而复始，都是上辈子欠人的。

上帝永远等着最忙碌的人，等你就要崩溃的时候，他把你收了，实现了你的理想，可你的理想是永不能与人述说的，因为人的理想是无耻的。

2006 年 2 月 12 日

今儿下了雨了，画画在室内都不知道。画了 Rung，2 月 9 日她偶尔来了一次，我画了她半个脸，在第二块画布上，今天在第三块画布上画了她的身体，这半边脸和 9 日画的脸接不上，显得头很大，看上去也眼晕，挺好的。身体画得还算满意，不到 5：00 就画完了。腿脚比上身画得好点。今儿十五，晚饭去郑林家吃各种湖南熏肉，喝了二锅头。

2006 年 2 月 13 日

画 Aee，团坐在沙发里，非常非常红的沙发，她蜷在里面，难画极了，本以为可以画得很好，中途来了藏家观画，后来又来人玩，扰乱了我的程序，我费很大力量最后才扭转败局，总算画得了。

2006 年 2 月 14 日

听说今天是情人节。画了 Kae，站在墙边，调整了很长时间的灯光，我记得最早她站在那，是一片阴影里，弱弱地闪着幽光，很好看的景象。今天我用了好大的劲才把灯光调成当初的样子。为避免昨天的打扰，我请画廊 close。专心画好 Kae 是全画的关键。我要画出幽灵般的味道，心很静。中途有些躁，Kae 总是站不住，她好像病了，我耐着性子，慢慢调整自己的心态。下午 6：00，此人完成，基本达到我的预想。

2006 年 2 月 15 日

今天最后一次画单人，Aui，一个黑黑的小女孩，像有黑人血统，家住泰国东北部，接壤柬埔寨，听说那里的人都长得这个样子。

贾樟柯他们一行六人也来了，拍了我画她的过程，我几乎顶不住了，画到现在一天未息，实在要完蛋了。

2006 年 2 月 16 日

全体女孩到齐，贾樟柯剧组六人也到齐，下午开战，郑林又买来画的水果，在人群中我把颜料挤到画布上，开始在上面调色画水果了。剧组穿插其中，人很混乱，好在画水果不用太拘泥形象，大概画画，主要是为了把整个画面再次搅活。人多忙乱中确实与一个人自己画画的控制不一样，一个人会慢慢想慢慢画，人多就由不得你个人了。在忙乱中大概心中有谱，开练吧，结果更出我意料——颜色飞在画面的空中，好看极了。

明天一早 6:30 就得随剧组去湄南河拍纪录片，会很辛苦的一天，从早到晚。

2006 年 2 月 17 日

早 5：30 被电话叫醒，剧组来人接我，在大堂，天哪，一个多小时到了他们的酒店，吃点早饭，开始了。去了河上市场，乱糟糟的杂碎小摊，河上挤死了。

我真的觉着我们亚洲人不知从哪个朝代开始就没做过几件有尊严的事，所以我只想画他们的肉体，因为只剩下肉体还有些尊严——起码还能勃起，或者女性美丽的皮肤。亚洲美术的历史曾经多么有尊严，我们应该好好从自己历史中产生新的灵感及尊严。

2006 年 2 月 18 日

一天从早到晚 10：00，一直在大街小巷拍片。很难受，心理和身体都很难过。

多米诺

2006 年 8 月 20 日

原想是初恋题材，请几对小男女，画在墙上，展后涂掉。今天又去画廊，空间较大，只画在墙上有些单薄，画多了又累，于是突想请一对小男女在空间正中用烂泥修建“通天塔”。我在边上抓取好的动作，画在墙上。他们的泥塔和我墙上画的他俩的画像展后同时摧毁。展名“爱情通天塔”，阿城全程拍摄，老尹策展、媒体。

2006 年 8 月 24 日

为新北京画廊展变化和阿城吃饭，他说“通天塔”不为常人熟知，不够通俗。一急，我憋出了这个想法:请两专业多米诺骨牌高手，一男一女，摆上两周骨牌，边摆我边画，地上布满多米诺，墙上画满多米诺，一男一女不停地在画中出现，地上的骨牌摊倒后墙上的仍立着，一片无比美丽的昏眩的场景。

“好极了，青春与毁灭。”阿城说。

2006 年 8 月 29 日

多米诺摆好在地上，一片灿烂，中途也许我改成画在墙上的是一排砖头。“嘿，小子，你砸了我的脚。”只画两个，柱子上也画两人，“计划赶不上变化”，写在柱子上。

2006 年 8 月 30 日

又变了。今天去场地，多米诺协会来人，起价 3 万，太贵了。我突发奇想，五个柱子上画五个人，对应墙上画五个人，柱子人与墙上人用一排细小的多米诺相连，柱子人用脚轻轻推倒多米诺，墙上人承受这轻轻的打击。邬迪说好极了，去繁用简！

2007 年 3 月 15 日

昨天因为刚从旧金山回来有时差，9：00 就睡了。今早 6：00，天还黑，起来了。想去跑跑步。

蒙蒙黑，右边是臭水沟，左边是四环路，空气有臭味。臭就臭吧——顺着臭水沟跑跑，好在还有土地的松松的软软的草。跑出沟边公园是酒仙桥农贸市场，站在高处不能看见“世界观”，可以顺路回“上东”。胡同没几个人，有早点铺开了。想着兜里还真有点钱，原想买面包回家的。算了，多少年没赶早了，吃油条豆浆吧。往里走，下家可能更好。顺路走，这里是旧的工业区住房，王迪的片子在这拍过。走进一院，院四周是那种“文革”时的破红楼，公共的，楼门、窗都被拆了，住家还有窗子生活着。大院中间是老年活动场所，各种花花绿绿的器械上有不少老人悠着。“刘长亭！”一个胖胖满脸红的胖丫头，冲着破楼的窗口喊着。没回声，用手机点着手。一会儿低头走出了细高个丫头，背着大书包腰有些弓形，俩人臊眉搭眼的，晃到路边，等着什么。边上是小吃店，我想请她们吃油条，和我女儿一样大，又怕人家觉得我有毛病。我自个儿点了三根油条，一豆浆，一豆脑，一炒肝。真香，炒肝里有头发，没事，吃了。吃完4块8毛，给了5块。沿街再走，人多起来了，有各种孩子上学，捷达车里出大声迪斯科曲，有警车慢慢晃过。有三个小孩儿在前，大男孩拉着七八岁的小弟弟，前面的女孩儿也像一家人。哥俩侃着外地口音，小弟弟嘴上有个疤，没准是三瓣嘴。这仨孩子长得很像。往里走，老师和几个学生站在校门口。警车在校门口打了转，回来又走了。天又亮许多，我想着刚刚吃早饭时桌对面三个老民工，很老实地吃着油条的样子，前面又碰见一对老夫妻晃着胳膊走过。我还从来没有陪过爸爸遛遛早弯儿，他要在北京下次我一定陪陪他走走，晃晃早弯儿，吃上油条。

我不知不觉唱着“草原一片广阔，我是你的一片……我啊……天边……那是……爱，我……”接不上句的老歌，一片穿着校服的少年碰面，牛逼的样子，学习一定不太好，晃过眼前，我眼泪几乎涌出。

我要早睡早起！要做到这样只能断了和这个世界的关系。早晨起早是一个世界，早晨不起的人又是另一个世界。

回到家，喻红也起来了，在敲电脑，我兴致勃勃地说着给你们买个油条回来啦。她说不用了，喝粥了。

2007年7月16日

睡前与老伴儿喝酒聊天。忽然脑中闪现我应该回老家画一年的画，画那些在我梦里反复出现的景象——厕所，火车，趟房，操场，庄稼地，医院，商店，杨树和水坑，以及水中的鱼。

这样也可以多陪陪父母，重返和他们的生活。

多米诺5，墙上丙稀

多米诺11，墙上丙稀

人造海浪

2007年5月6日

去年冬天，偶然随小帅他们去了“御园”，是在河北，京哈高速白庙出口。人造景观，室内外温泉，还有这个巨大的人造海浪，室内有四万平方米，灯光里奇妙壮观像月球上的梦境。没多少人，我们在里面显得孤苦伶仃。回来后就想画一张。先后又去了几次，白天没有任何想画的意思。晚上灯光下，亮晶晶才有幻境。他们已经为我找到了七个演员，后天我们大队伍就要进驻了。拍摄人员十多个，模特儿七名，我已备好195 cm×260 cm画布一块，地点在温泉和海浪之间。犹豫很久，最后还是海浪牛逼。冬天的温泉也很好，有很多蒸气，后景有迷幻的红灯笼，现在已近夏季，蒸气没有了，海浪还是如此迷惑美丽，人造的海浪如梦如幻。

我们将租下别墅一栋，白天睡懒觉，晚上画到半夜，有理由地回到集体生活。

人造海浪，195 cm × 260 cm，布面油画

2007 年 5 月 8 日

今天，七个模特儿，十几个摄制组人员全部到齐。在水里玩了半天，我一直琢磨如何画他们。原来的设想不行，一个人在前，没法画得更好。人造石岛离岸不远，他们穿着泳衣远看很碎，休息时他们披着蓝色浴巾，索性这样吧，这样更整体，更玄妙。

七个围着蓝色浴巾的男女坐在人造小岛上，四周是人造的海浪，海浪很蓝，很亮，很汹涌，很滑稽。

2007 年 5 月 10 日

画到今天，很难进展。因为画布小了，人物的脸也自然小了，在这么小的头上很难要开我的笔。几乎没画过这么小的脸，要么再小要么等人大。

周围的环境如何再深入得更昏，这是个问题。避开前人画海的趣味更是个问题。等着吧，等到哪天累得不行了的时候，上帝会伸出手来帮我的。

2007 年 5 月 14 日

人物部分都已填满，剩下几天画背景，要填许多东西，然后再回头调整一下人物部分。

未知结果，过程迷人。每天晚 8：00 到凌晨 12：00，我画画，小帅他们拍摄，有时在边上喝酒。画完回别墅，一起喝红酒到凌晨或天亮。第二天中午起床，户外吃午饭，下午闲聊喝茶，晒太阳，晚 6：00 吃晚饭，不喝酒，吃毕小睡，8：00 开干，天天如此美妙的时光在我们周围。

琪琪

琪琪躺在我新买的床垫上。为了画琪琪我新买了床垫，她从深圳来。

琪琪醒了。

琪琪，200 cm × 200 cm，布面油画

青藏铁路

2007 年 7 月 19 日

飞机晚两个多小时到西宁，已是下午 2：00。凉，就剩脚底有热气了，到了青海宾馆换上皮鞋长衣，好多了。

中午牛肉面，晚上惠玮的朋友请吃一大桌大菜。

回到宾馆有点气喘，明天 8：00 出发，青海湖再到德令哈，20 年前曾带喻红住在那个大工棚里，穿过大通铺是我们的小屋。傍晚太阳将我们的影子投射几十米，长长地躺在空旷的街上，街上有水坑。

2007 年 7 月 20 日

早 8：00 从西宁出发，途经青海湖，很蓝绿的海一样的湖。照相要付费，门票一百。真痛恨旅游点，自然赋予所有人们的美被烂人们霸为己有，真是烂人。还是人烂。不画了，接着往德令哈狂奔。路上有时睡有时醒，景色变幻，牛羊成群像肉虫一样，漫山遍野，这些草够它们吃吗？它们够人吃吗？

路过铜普乡，有铁路，有油菜花，有山，有戈壁。路过柯柯镇，有铁路，有老车站，有戈壁。

青藏铁路，250 cm × 1000 cm，布上油画

事先通过刘军联络的王兴宇派人在离德令哈10公里处接我们。一辆黑色别克，横在路基下，三人捧着哈达给我们一一戴上，蒙古女从车盖上端起托盘，上面有三杯酒，每人三杯！！！

随他们进入德令哈大街，是一个规划干净的小小的有些政绩倾向的小城，很安静，但早已没有那个工棚小旅馆，路上也没有水坑，是亮亮的油漆路。只是那斜阳还是把人的影子投得长长的躺在路上。

2007年7月21日

德令哈转了周遭，有一湖，淡与咸各一半，也成了旅游点。德令哈车站，上了国道，再回首，远处雪山在阴云中显露，阴云包着德令哈，有碱厂大型烟囱冒着浓白的烟，山坡顺右手渐低，像古代的山水，向下看是戈壁上的干草，一列火车横穿中央，那是青藏铁路。工业革命和农牧业景观像场战争呈现在移动的风景中，就是它了，最后一分钟，上帝又显灵帮助了我。

我想请两名青壮藏族青年，牵着骏马在戈壁上站立，也是这个景观的前景。250 cm × 200 cm，5块联拼。

一天的气候：早晨晴天，下午聚云，傍晚太阳雨。

2007年7月24日

其实到了玉树已经两天了，23号足足远途一天，从早6：00直至晚9：00，翻越4800米山峰时，晓彦吐了，小段也吐了，我昏昏睡睡中度过。沿途风景不像德令哈冷峻残酷，缓缓的山，青青的草，成群的羊牛和星落的帐篷。

回到城中心，等车闲待时，突然发现一藏族俊男，马上想起要把他带到德令哈，青藏铁路前的牵马少年就是他了！他很壮美，不太会汉语，不敢与我们同行，一回头又有一瘦美少年，就让他俩结伴吧。

晓彦、崔峤等人劝说，一群人围观，最后他们的父亲亲戚都随我们来到旅馆，多方协商，落实明早6：00开拔，回西宁，赴德令哈！

晚上睡前，哲学家孙善春、晓彦、晓晖在我屋喝酒，聊了很多人生、艺术、哲学。

2007年7月25日

晚9：00从玉树一路风尘回到西宁。藏族两少年一路跟来。

明天看看画框情况，突然想起我带来了两卷各10米的画布，那么不够250 cm×800 cm的两组画卷，只够各250 cm×600 cm，咋办？

前者舒展平坦，更多的风景。

后者集中，上下空间开阔，取前，后何为？

取前者目前材料够使，取后者必须马上从北京运画布来。妈的，咋没想到尺寸问题呢？！

2007年7月28日

没想到找马遇到了麻烦，没想到草原上没有马，马在更远的山里。从德令哈开车50多公里才找到事先联络的蒙古族人，此胖子又骑摩托带我们10公里才到山脚下蒙古族人家园，有大小马匹二三十，其中两匹青白马很帅。主人戴着墨镜，骑着摩托很久才来，又很久无语，没想到开口说出1万元，借用两匹马半天的价格，真是他妈的疯了。

好在解局长又在电话里谈下1500元两匹借用的价格。回到工地，画棚已经成型，德国电视台的四人也到了，可惜德令哈是军事禁区，不许外国人入住。不得不安排他们又回到乌兰，一百多公里外的乌兰镇。

明天下午开练。马到成功！

2007 年 7 月 29 日

下午 1:30 赶到现场。棚子、画布都已经被旭子和刘辰安排完毕，盛装的蒙古马也已到齐。我也骑了一圈。德国 Art 电视台四人也在了。

画布从棚子中搬出，铺在地上，我开始构图了。画了大概位置已气喘要命，高原呀真不是好玩的。扎西和伊西前后牵马走了几圈，我心中有数，拍下些瞬间的人和马。德台访问中我大概说了来这里画的原因是工业文明和农业文明战争般的景观，以及家乡是移动的，有农业文明特征的地方都是我心中的家乡，而真正的家乡已经变了。农业文明的特征写在我请来的这两个藏族青年的脸上，也提醒了我遗忘的记忆。我爱农业社会又享受着工业社会的方便与舒适。

下午又下雨了，收工前画完了构图也大概画了扎西的脸，户外的紫脸很难掌握。山的色彩得等待时机一气呵成。

轰轰烈烈的第一天过去了，还算好，回来到于大鹏处看今天的录像素材。12：00 了，已经睁不开眼了，睡吧，明天还得干。

2007 年 7 月 30 日

下午画扎西，他站着老动，很爱挥舞自己的头发，在太阳下。有时阴天，有时晴，很难掌握脸部色彩。傍晚，他晕了。吐了一地。停笔，明天再画吧。

我们之所以回忆过去总是美好的，因为小时候我们在同一个世界，长大后各自奔命，两个世界再也无法在同一个世界生活，交流反倒双方痛苦。

2007 年 7 月 31 日

接着画扎西。有些紧，不知哪里出了问题，越画越差。傍晚忽来一片乌云，从山那边直扑过来，遮住了山，只剩烟囱了。地还是亮的，乌云已经遮住了所有景观，只留下地是亮的，我忽然性起，开画此景。风大作，几乎吹倒了我的工棚，旭子他们赶忙拉下帘子，已经晚了，阳伞被吹到很远的马路上，沙子扑满了未干的画面。我还在画，刘晨紧紧扶着画布，德台和于导在风沙中抢拍，真是个好的纪录片素材，可未必是好的绘画。

2007 年 8 月 1 日

一大早我去了工棚，打开昨天的画面，真是目不忍睹，太难看了，不仅风沙遮住了画面，风沙后面的画面也太不像话了。我气得全刮了，一点不留，趁湿全刮，妈的，再画！

搬出第二张，画背景，然后等着伊西来，下午画伊西。伊西的形体很有戏，很聪明。没多久，我用笔狂砍出了个依西，我抱歉地对伊西说：给你画丑了，你本人很帅。

画得很痛快，还不过瘾，抄出照片再画黑马。一气又画了黑马。

傍晚正享受今天的快感时，狂风又起了。赶紧收工。

明天有了经验，傍晚前收工，明天重画扎西，一定好。

2007 年 8 月 2 日

上午 10：00 赶到现场，画扎西的背景，画到中午完了，很爽，但很紧，昨天画得太多了，腰散了。扎西、伊西被德国人拉走拍戏去了，约好下午 1 : 30 送回。2 : 00 到了，赶快画扎西，烈日下，几笔就画好了脸部，很红的大头在黑灰色的背景下很突出。画好身体已是下午 4 : 00。很好，两个人物都已画好，料事如神，原计划带扎西、伊西十天，今天第九天，完事了。吃完晚饭，9 : 00 送扎西、伊西去长途站，刘忱送他们连夜去西宁，凌晨倒车直回玉树。明天第十天他们回到他们父亲身边。

此画目前基本成功。很好。我还想在上面画条彩虹。

2007 年 8 月 3 日

今天画了扎西身后的马头，马屁股在伊西那张画的前部，也顺手改了改。下午很早就收工了。

2007 年 8 月 4 日

怎么又有高原反应了，气短。画了红马和风景，很累。

2007 年 8 月 5 日

修修改改，很轻松的一天。德台四人最后拍了我的一笔火车。老何来电说我的画由武警专车送北京。10 号德令哈出发，25 号从玉树再运北京。真是奇迹，老淡给我们 3 万现金补养，日常奇迹，英雄就是这样。

2007 年 8 月 6 日

画晴天的尾部。没什么东西很难画。云彩总是不满意，先搁着，明天再说。

2007 年 8 月 7 日

上午赶到画场，云彩真是不行，刮了，露出平坦的天空，地上加上一股龙卷风，直直冲上平淡的天空。又画了辆“铁道卫士”的吉普车，冒着白烟，赶超火车。红孩还帮我改了改山的颜色，老说我的色彩不对，要加上普蓝，我说普蓝很难加的。

下午又开始第一张乌云，像旧社会的乌云。乌云上有尖刀一样的彩虹，彩虹很难画出光中的彩虹，画不好就像广告画中的彩虹。这是最后一张画了,明天能完成就装箱了。武警已来人联系运箱一事。

2007 年 8 月 8 日

今儿立秋，该吃西瓜。最后一笔画完正是中午 12：00，下午箱子将会做好，拉到画场，装箱，起运。

这是一幅我还没完整看到的超爽的作品。等到 8 月底我将在北京工作室看到这幅接天地之气的完整的作品。

明天回西宁，休整两天，开拔玉树。

2007 年 8 月 12 日

自从 8 月 8 日武警消防队把画箱拉到消防队车库，我们就马不停蹄赶回西宁，休整两夜一天，11 日早 6：00 又开拔玉树结古。路上我嘴上又起泡上火。在 4823 米海拔处停下了玩了场跑步游戏。到了结古已是晚 8：30，住在结古宾馆，吃了饭，吃了药，睡了。

2007 年 8 月 20 日

高原的生活终于要结束了。我的呼吸越来越困难，是该回北京吸氧了。一个多月我们小分队转战在大西北，没有一个小时闲着，没有任何时间逛大街，全部时间用在画里，画剩的时间就是喘气和长途跋涉，小分队的哥们姐妹们全力以赴，没有怨言。真是好爱他们，也会长时间想念这样的集体生活。

吃完了再说

2008 年 2 月 1 日

到罗马，在 Viadel Grottino 的二居室里，第一眼看到的是这家主人准备好的一筐苹果。

傍晚到的策展人 Morgan 接了我们到这间教室边上的二居室。很温暖。

还有点找不着北，今天又出去转转，买点酒、肉，好多了。换个地儿总会有新鲜不适应的地方，慢慢好了。

2008 年 2 月 2 日

红孩在窗下的小广场上和很多孩子们溜旱冰，花样的很好看，街上很多人。趴在窗台，Morgan 说这两年经济不好，很多人只是遛大街，不买东西，太贵了。欧元太贵了，一家一个月挣 1000 欧元，两三个孩子根本养不起。

2008 年 2 月 4 日

上午 10 : 00 去了美术馆，开箱找东西，找到画布、颜料工具、画架。旭子和杨波把画布从框上拆下来铺在地上，美术馆给的空间很大，足够13个人吃饭和地面上铺上10米长的画布。13个模特儿从高中生到80岁的老人，都很乐意配合，他们吃喝，我在边上观察画画。

下午6：00大致画下了位置，花花绿绿的，吃的和调过的颜料铺满10米的画布。明天是否把背景涂成罗马大理石的乳白色还是在犹豫中。明天再定吧，开局还算不错，有点犹豫和花哨，慢慢会好的吧。他们的脸都好看。

中间是80岁的老人，孤单的样子，埋头吃着。边上的人各聊各的。

2008年2月5日

今天并没有按我事先预想的顺序画他们，他们从高中生到80岁的老人，各有各的事情，他们调整好了时间，重新安排了被画的顺序。

这也天然的好，画画左边的，第二天又画画右边的人，整幅作品也许更平衡，左右牵制，力量均衡，对得起每一个参与者。老者Pietro说我画的他有点像作家Luigi Pirandello。

到了现场还是决定涂鸦背景，呈张扬状，左右张开，左边亮黄色，右边愈暗灰。过程中我想再用碎颜料打碎这些趋势，让其更自然。桌布掀起来，露出他们的脚，让世俗更加赤裸灿烂。他们越来越喜欢我。

今天是杨波的生日，我们画完回住处吃姐姐做的饭菜，很香，喝酒高兴，饭后喝着苦艾酒，点蜡又吹灭，插队般的生日快乐！

2008年2月6日

三十儿了，大年三十儿。

Alberto 画得出奇的好。一下午，开始不顺手，正侧面，画画突然好起来，直到最后。晚餐请 Morgan 一家三口，Danila 和她未婚但已共有一子的男人，还有我们团队六口，小佟刚到，Morgan 无数电话让司机带他来到饭桌。红酒四瓶，乳猪一只，还有一条大鱼，漂亮的意大利晚餐，共花 560 多欧元。

2008 年 2 月 7 日

大年初一。加上昨天一共二百多条贺年短信。记错人了，还以为画 Jeremy，结果 Lorenzo 来了，很年轻的 18 岁小伙子。我们现绷框子。费了些时间，结果还提前画完了，因为他的头都被手和杯子挡着，只露一双眼和光脑壳。

把很有侵略性的题材画得很礼貌，所以尽量要很古典的美，线条、体积、色彩像湿壁画。

2008 年 2 月 8 日

今天按时画 Pietro。老头坐在最右边，眼睛盯着我。画得太顺手了，简直是 high。突然想把 Saverio 和 Danilo 画得淡淡的，像很远很远以前的人。

除了 Pietro，还画了他周边的静物。真是一分钟没闲着。回来吃汤炖牛肉，好吃极了，吃完睡了，一天一件事真美。

每天来开始时都很累，不想捏笔，可是画着画着就停不下来了，无数的细节让我迷恋。看来我要把画画得不顺手一点才行。不过笔上的颜料一厘米一厘米（一毫米一毫米抹过高光）滑过皮肤或者器皿的高光的感觉真迷人忘我。

今晚吃完先睡了。一小时后醒了，到睡觉时间反倒睡不着了，胡思乱想，忽然想起前些天诘苍来家喝酒间谈起孩子，他说，德国人他妈的很酷，隔辈人根本不会为你照看孩子，孩子是你生的，你就得从小带大，不能指望别人。他的德国老丈人看着他要把孩子委托他照看一段时间时说："男人要学会孤独。"他二话没说，于是带走了孩子，一天也没让别人带过。

2008 年 2 月 9 日

画 Yacopo，他是搞电影的。很能说，不愿别人拍照。浓密的连鬓胡，低头的角度正好没了大面积胡须，很难画。但为整体画面，他必须低头。快画完的时候突然不会画了。走，回家，带着郁闷。

2008 年 2 月 10 日

今天的老头是 David，他是歌剧导演，前天他带来大量他曾导过的歌剧剪报，他想通过我有机会来中国导歌剧，真是可爱的 72 岁的老头，我可哪有本事安排你来中国导歌剧呢？我要是文化部长就成了。

David 很敬业，一直张着嘴笑容满面地保持吃的样子让我画，我替他腮疼，于是画得很快，因为快，太顺手就画完了。昨晚我感冒，想少画点保持点体力，没想到这么快就把他画完了，结束时才 4：00，走，回家，带着喜悦。

他只会意大利语，不停地跟我说话，我居然听懂他是第四代罗马人，他父亲是摔跤运动员。

小佟一路拍我到家，倒在沙发上就睡了。对了，他还让我画张速写给他，我就画了，送了他，他真高兴。

没想到今天会画画了。明天该画大个子 Jeremy 了。也会画得好吧。

2008 年 2 月 11 日

上午小佟要我在路上走来走去，走到美术馆已经累了。1：00 Jeremy 按时来了。吃点东西，开画。

他的脸在暗处，手在亮处，画起来还好，只是全身乏力，头直昏。感冒难受。他是学艺术的高中生，家有哥仨。我在画画时他还画了我。真是温良的帅男孩。

2008 年 2 月 12 日

今天要去画“耶稣”！

画出来了，孤零零老头真可爱，很能吃，身体小但健康，没有子女，在罗马已住 78 年。他很强调让我画出他手上的戒指，说是朋友的礼物。白金绿宝石戒指。

我充满爱意画完老头。中途累得我趴桌上睡着了。

老头叫 Gian Paolo，今年 80 岁，单身一生。

昨晚看完了长篇小说《致命的远行》，陈河写的人蛇发家与无家可归史。今天再看看《谈判专家》。每天画画、读闲书，真是闲得能摸到时间。

2008 年 2 月 13 日

今天画 Saverio，很古典的意大利连鬓小帅哥。

中午画不久，奥利瓦一帮人来了，他说五块画布应该一个博物馆买一块，真是好玩，他很喜欢，还要再来。

下午有人还要拍照，快结束的时候，Cocchi 来了，这个三 C，老了，精瘦。

一辈子总会画两笔画，真不是件容易事。

吃完了再说，250 cm × 1000 cm，布面油画

吃完了再说
08.2
在 ROMA

此画译成英文叫“Eat Frist”。

Saverio 身体应该再秀气点，人多乱了，再说吧。

2008 年 2 月 14 日

今天画黑哥们 Johannis。他生在罗马，刚生下来爸爸就跑美国了，现在洛杉矶，有新媳妇了，还有三兄弟一妹，Johannis 都没见过，他和母亲住在罗马，很好，妈妈第一。

他也去过他的老家非洲。棕褐色皮肤很好画。

2008 年 2 月 15 日

Danilo 提前画完，十八岁的小伙子，我愿意给他画得干净，像过去的小孩。暗部的肤色比背景还亮，很难画。Danilo 的老公来了，他也是画画的，他夸奖这张画画得很新鲜，像鲜肉、鲜水果一样，是啊，画和吃是一样的，要新鲜、有食欲才好。

我的感冒还缠着我，嗓子肿痛，几乎封喉。

晚上回来又看一篇长篇《腥》，李西闽的，神神怪怪、鬼鬼神神，有魔幻的、聊斋的意思，很有意思，好看得很。

2008 年 2 月 16 日

Fabrizo 和 Gabriele 一起画，也没有想象的那么紧张，我已经画十多天了，手熟了，上半截画 G，下半晌画 F。都还不错。

晚上郑林他们一行人到，和王度等去吃饭。那个红酒太好了，什么 H，什么 Gaya 家，临走从饭馆买了 6 瓶，其中两瓶去 Morgen 家 Party 用了，4 瓶带回北京。

2008 年 2 月 17 日

最后一个人是 Yuri，今天完成了，明天画静物，有鲜鱼什么的，大的鱼。

我把另个展览需要的东西都准备好了，给了美术馆，这是个意大利艺术小组的作品，他们要展出一些人的行李箱。透过行李箱让观众知道别人的生活，叫做“他的箱子，你的家”。我除了衣物，还有二锅头、红酒。另外我把《收获》也给了他们，纯中文的，我从没这么全地看过一本杂志，里面的长篇陪我度过了大半个罗马作画的夜间生活。

晚间 9：00 是美术馆安排的晚宴。马克、米塔都来了，我还带他们看了“他的箱子，你的家”中我箱子里展出的阿城的书，正好是米塔翻译的，她高兴极了。

2008 年 2 月 18 日

今天真开心，最后一天，没想到意大利人这么好热闹。十三个模特儿都来了，吃了中午吃晚上，喝了午餐喝晚餐，展厅人山人海。最可爱的是 Danila 买了大量海鲜，其中的大鱼足有半扇猪那么大，又厚又软，灰红灰绿间的大鱼画起来真是来劲，一下把画又提升了一个层次。还有八爪鱼、海蛎子、生蚝、龙虾，真是好看好画极了。一中午就把海鲜像饿极了一样统统画完了。记者会的人来访问也没空儿弄。晚上公众开放，我也就是在人缝间抽身画儿笔面包面条什么的。

被画的人个个开心，我最后和大家坐地合影，我抱着我的“耶稣”。来看画的人个个喜庆。真是好玩儿的一个晚上。

2008 年 2 月 19 日

今天居然睡到 12 : 30，真是累了，昨晚又咳嗽醒了。1 : 30 又来到了 Palazzo delle esposizioni 美术馆。最后抹了几笔。恋恋不舍。

馆里的工作人员 Paola 拿出小本子让我留些话语，她每次都请在馆里展出的艺术家留下只言片语。

收拾完东西，与策展人 Daniela 道别，她手抚两行泪状，可爱的道别。我把剩下的颜料留给了她儿子 Pietlo 的爸爸 Gienni。

就这样，再见了，罗马。有很多简单的记忆。

何处搜山图

2008 年 5 月 8 日

来波士顿已经第四天了，5 月 4 日中国的五四青年节到的这里。盛昊接的我和喻红，从机场一路开到小山尖的木房子，风景能看见很远。我们住的是主人大房子边上的独立小房子，十九世纪时是马厩，现在改装成古色古香的三层小楼。

第一天我们步行到美术馆——波士顿美术馆，熟悉了地形。第二天，盛昊开车带我们去了哈佛大学，那里有一张安格尔的上乘作品，一个女子的肖像，真好。然后去了罗得岛美术学院，那里的 David 和 Jay 带我们参观了本科生和研究生的教室。

第二天我们买了画画用的 Gaden 牌丙稀颜料和笔。第三天盛昊、杨妍和“小舅”带我们参观了他们馆的宋画收藏，真是无话可说的神品，按中国传统说法应该叫“逸品”。有宋徽宗和南宋的作品。还看了正在他们馆展出的从籍里柯到委拉兹贵支二十年间的作品，有格列柯的一张特好的画和委氏的十九岁、鸡蛋的那张牛逼画。

还看了正在展出的 Antonio Lopez Garcia 的作品展，有绘画和雕刻。这个家伙真是令我感动，有的画几年内还没画完。真是画出了不是人的肉眼能分辨的世界，这个世界只有宁静的灵魂才能看到。后来在与美术馆董事吃饭时，副馆长告诉我们，Lopez 说：“我愿意来波士顿美术馆展出我的作品是因为这里正在展出委拉兹贵支的作品，我是跟随他而来，因为只有他的作品能打破各种文化的隔碍，我们几乎无法达到像他那样将各种质感分开。”

Lopez 带着他的老婆、女儿、孙女们一大家庭来到这里，好动人的老头。我说你们馆能做他的展览是对当今世界艺术明星化和商业化的最好对比，它让我们知道有温暖家庭的老头依然是别人望尘莫及的大艺术家。

最重要的是他画出了时间的痕迹，以及时间的眷恋。

今天，5 月 8 号，就要画《青春与暴力》了，我突然疲惫不堪，中午从美术馆打的回来睡了一觉，我需要空空我的脑袋。下午 4：00 我又回到美术馆，又看了一遍《搜山图》。之前我还想着让这些高中生横躺竖卧，像在沙漠上。看了此画我突然觉得应该让他们集中在画面右边向左边齐看，他们只是站着，靠墙的也行，在那儿看着，没有暴力的发生，却有他们关于暴力描述的文字。

5：00 他们来了，我开画。右边我预留很大空间想写“青春与暴力”几个大字。然后是他们。他们的左边是他们的文字。

我把他们大致画好了位置，结果左边的纸剩下很小了。这才发现原来以为买 10 米长的纸，只有 7.5 米。他妈的，我从北京背来的纸不够 10 米，明明说 10 米，而且包装外也写着 10 米，打开居然才 7 米多。操你妈的，我又不能在众人面前显露我的愤怒与抱怨，只能因地制宜重改构图。我一身大汗，内心充满愤恨，这种愤恨逼着我走出了因地制宜一条血路，我们中国人不学会因地制宜将寸步难行。

生活中遇到的问题大于艺术上的问题。我们什么时候才能自己人相信自己人啊。如果人间真有无名恨，这就是让你走向绝望的必经之路。

明天看看这里有没有 10 米长的纸吧，如果有就重画，如果没有就只能按改过的构图，这真是无意中记载了中国的软暴力啊！

2008 年 5 月 9 日

盛昊多方打探，没有 1.5 米宽的纸，有 9 米长的但宽度只有 1.3 米。远不够宽，算了，还是改构图吧。就在 7 米多的天地里折腾吧。

今天喻红走了，我一人空空地看书。中午又去那家爱尔兰餐吧吃了喻红曾吃的牛肉。回来接着看书，明天还会是这样。

又回到了一个人寂寥的生活，每次出来写生都是这个样子，直到变成一个沉默的老头儿。张池的书真好玩，但还能陪我几天呢？书总是要看完的。

2008 年 5 月 10 日

看看网、新闻和张池的书。下午小徽、老王带我去了旧货店，买了旧皮箱什么的。晚饭和他们及他们的朋友吃的饺子。

明天该去画画了。

2008 年 5 月 11 日

下午 1：00 到了 SMFA 画室楼前，正好 Lina 从路对过走了过来，今天就画她，她小小的个头，穿得很好玩，帽子上她用胶条粘出个卡通图案，T 恤衫是她崇拜的牙麦加的乐队 Logo ，短短小沙裙，从膝盖往下是斑马状的袜子，一双球鞋。她的爸爸 30 岁从广州来这里，

何处搜山图，150 cm × 750 cm，纸上丙稀

何处搜山图

她生在 Boston in 1990 。

她有个弟弟还小，她想读公立设计学院，每年 8000 美元学费，满 18 岁时爸爸给了 3000 美元，她攒起来等以后读大学时用做学费。四点多钟画完了，笨笨画得很顺利，她说给她画好看了。她说住在 Boston 还安全，因为她除了家、学校和要好的邻居家，很少到别的地方。等 21 岁以后才能去酒吧喝酒。

2008 年 5 月 12 日

下午 4:00 画了 Tim，他才 15 岁，大手大脚丫子。尽量画得弱点，因为他前面还有别的人。

晚上盛昊陪我看了斯那勃的新的电影，巴洛克似的表现主义，看到难忍。走了。

回来看许多新浪新闻，都是四川汶川大地震。心很乱。真不知捐款能不能真正到灾民手里。唉，这个世道。

2008 年 5 月 13 日

下午 4 : 00 画 Terence ，爸爸在中越打仗时来到美国，妈妈去了澳洲，那时他们才 17 岁，就像今天的 Terence 这么大，当然还没结婚，是他们相识的父辈撮合的。Terence，越南血统，一口好听的英语，也会讲点广东话。他还有个小弟弟。

画他时我发现画纸非常吸水，不易留下一次性的笔触。画上去马上就干了，很难驾驭，很难控制，只能拙拙的干干的一点点完成。

2008 年 5 月 14 日

休息一天。停业整顿。

2008 年 5 月 15 日

从上午 11:00 到下午 7:20 都在画画，上午画了 Thomas，黑小伙，酷酷的样子。画得很松，有力。水分和颜料掌握得不错。他说他忘了他的祖辈从哪里来，他生在 Boston，地道的美国人，只是在南方有些亲戚，常去那看看。很痛快地画完他，中午在模特儿台上睡着了，进来 George，我醒了，他也是很有特点的小伙子，画得很累，因为他身上的衣服很多图案。他们样子已经混过无数种的血缘，他说他爸是哥伦比亚人，妈妈是意大利和越南的混血，他还会讲越南话呢。怪怪的画得很有味道。四岁前他都在哥伦比亚，那里常常打仗。

晚上一人吃了大顿牛排。回来看网上地震直到深夜 12：00。

2008 年 5 月 16 日

约好今天画“O”，快到了，小舅子 Jeo 来电说他变卦了，改在大后天。小舅陪我来美术馆看了唐画，阎立本的历代帝王图。真是不同，唐和宋的画有不同。怎么一代不如一代呢。唐画真是像写生一样生动一些。我想在画上加两条狗。最后画完看看加在哪有意思吧。《簪花仕女图》上也有两条狗，一黑一花似双棒，估计丫懒，一只狗画成两个样子。我也拍了一条黑狗。

按计划明天画两女，后天一女，大后天“O”，原计划大后天出游，因“O”的改变泡汤了。

2008 年 5 月 17 日

上午 11：00 开画 Maddy 和 Erica，Maddy 是德国、爱尔兰、意大利等等混血，Erica 是南美多米尼加的西班牙混血。画到五点多，很累很累。

2008 年 5 月 18 日

画 Janeese 是下午 1：00 开始的，直到下午 5：00，也很累很累，画到此时已快筋疲力尽。但她很好，长得有东方凤眼，棕色皮肤。她家很好玩，她是孪生，她的妹妹也是一对孪生，真行这家人。

2008 年 5 月 19 日

终于画到最后一位了，这个“O”纯种黑人，真是帅，像马一样的脖子。很快就画好他了。为庆功，我请美术馆的人大吃一顿。路上我拍了狗、花、草、鸟什么的，明天可能用在画上。

2008 年 5 月 20 日

今天彻底打开画面，铺在地上。人物与纸的关系有点剪贴感，所以必须画点乱七八糟的东西，让白纸的背景变成空气空间。果然画上了两只狗，一只可怜的还在啃我的名字。另一只很像 Tim，就在他身后。我还画了一些花草。此画基本结束，就等 24 号同学们都来写暴力青春。此画的题目叫什么呢？不能是简单的口号似的“青春与暴力”吧。还再想想。

2008 年 5 月 21 日

我想让几个学生（非艺术类）带来他们的书包，平时上学背的东西，看看能否画些东西，在“O”和他的文字之间画些缓冲他们姿势的小东西。或者重画“O”。

2008 年 5 月 22 日

今天飞林、小薇拉着我和盛昊去近郊看家具，然后吃了大龙虾。

2008年5月23日

终于改好了“O”。他戴着蓝花围巾，一下子就有了，画了它，也把他手臂拿了下来，舒服多了，一改原来的雄赳赳的样子。有点中性感。踏实了，就剩明天大家在上面写字了。

2008年5月24日

学生们12:00都来了，写下了各自对暴力的想法，好有意思！！

由此我的画名最后定为《何处搜山图》。

易马图

2008 年 8 月 12 日

红孩的生日，但她不让我和大家说。我们是在山里的农家炕上吃着现杀两只农家场院鸡过的，我们有她妈妈、郭晓力、佟卫军、闫冰、三弟和农家的老小一家人。这个山区是在天水附近的礼县郊区。我们来这里是想画牛马交易市场。

几年前我就想画交易马的场面，前不久晓彦联系成 Heidran 先生赞助此项目。我们 11 号跟着闫冰来到他老家。先飞到西安，闫冰的朋友三弟开车到机场接上我们，原以为四五个小时就能过礼县，哪曾想一路山弯弯，黄水长，盘山路上堵车忙，全是一百米左右的大卡车，也不知装的什么垃圾，就是没完没了。我们的车在他们的夹缝中穿来拐去，只有悬崖弯道上才能抽空超车，我闭上眼，心想我们的命就交给三弟了。反正命运总是寄托在别人身上。三弟寄托在对方来车的身上，对方寄托在还有刹车的车上，我们全是偶然的幸存者。我们从上午九点多离开机场，一路幸存直到半夜十一点多才到礼县，喝场大酒已是 1：30，快睡吧，明天早上 6：00 就得起床赶马市。

起个大早，匆匆早饭包子，迷迷糊糊赶到马市。这个马市是先秦时代的遗留地，秦始皇之前前辈们都在这易马，这个祁山，也是诸葛亮孔明同志六出祁山而出不去的悲伤地。这里的山确有古风，因为日久，山呈平缓圆状，登山远望风水真是爽人。

马市已经变成牛市，老牛与小牛分别被人买走，哭声一片。马的缺席是因为发现一只病马，怕影响奥运北京的大事而全部不许出场交易。这里的马市就在盐官镇中心的空场上，周围有白墙围着，倒像古代的围帐。围帐外是果树林。我选择了围场的东北角，想在此搭棚画马。

明早再去另一个小马市看看，那里有河水缠绕，听上去更具古意。

2008 年 8 月 13 日

今早真赶到了这个听起来很古意的小马市，叫汪川马市。但不是想象的样子。它在乡中心的油漆马路边上，是有河水但很小。人和牛马就在这个沟里，边上有庄稼地，看上去就是一个农贸市场，没有昨天的先秦时代留下来的马市来得“皇气”。

下午去了闫冰的家，真是山沟的家，很干爽，门上有字，正楷大笔“耕读第”，很有乡村书香气，也听他讲了许多动人的经历。

晚上到了天水，明天看看麦积山。

路上看到许多平顶山尖上的土堡，很有改善用途住进去的愿望。

2008 年 8 月 14 日

去了麦积山，二十年前来过，那时印象是平地突起一座秃山，石窟没有门，都是风化的沙、岩石雕。现在到处是绿树，秃山淹在绿丛中，石窟都上了木门，只能隔着铁丝网看雕像，原来很多是泥塑，历代重修，没看到几件好的。

2008 年 8 月 15 日

早晨 8：30 出发奔兰州机场，路是好的，巨大的卡车缠在路上，一停就是一小时，越堵车蜜蜂越是来裹乱。一有机会三弟就飞车超车。我又闭上眼，依然偶然幸存。红孩把耳机塞给我，是圣歌般的当代音乐，从小到大，从大到小无数与我有关的人在风中闪来走去，怎么一下子黑了，这些人随着音乐在我眼前闪回，忽快忽慢，有我爱的人，有我烦的人，都来了，都闪得差不多了，我好恐怖，以为要出事，这些人是来和我道别的。忙睁开眼，一看表才过去 20 分钟，我以为好久了。其实一生的事情可能就那么 20 分钟就解决了。

2008 年 9 月 11 日

怎么又是“9・11”，记得 2004 年“9・11”我在金门画阿兵。昨天从北京出发，坐火车，很兴奋，因为十多年没坐过火车了。西客站没有想象的人多，是因为奥运会都赶跑了。候车室是暗暗的脏了吧唧的，坐火车的人群的表情是敌意的，起码是各自防备的样子，坐飞机的是枯燥的，各自为政的群体表情。小力和我还有图片摄影师宇童同车前往天水，车上喝酒，没想到 10：00 就睡着了，早晨 4：30 醒了。直到 11：00 到了天水，导演小佟，摄影杨波、助手旭子、学生闫冰和司机三儿来接我们。直达盐官马市，一小少年骑马而来，前面还坐着他弟弟，就是他了，真是天意，在家没想画中主人翁将是一少年，结果到这就碰上了。画棚已搭好，在马市的一角，又一个天然工作室竖立在祖国的中西北了。下午去闫冰家想在那个杏村歪小村租一农民小院，结果容不下我们这么多人，厕所洗澡都是问题，在闫家吃过饭还是回到礼县县城来住了。

2008 年 9 月 12 日

上午 8 : 30 赶到马市，铁门半敞着，望进去一片空旷的大场地，我的天然工作室在院的深处角落随风飘抖，一层塑料布包着里面的军绿帆布，框架是建筑钢管，好舒服在那儿！

中午小少年来了，换了新衣裳，下午还要上学，让他带着他弟弟，还有他们俩饲养的四匹马明天再来。午饭的羊肉泡馍馆里有一小孩，9 岁，也很棒，明天一起来吧。

我在这片场地从早到晚守了一天，有时阳光刺眼，有时薄云笼罩，心中一直想着何时的景色最理想。明天会更好吧。

2008 年 9 月 13 日

早 7 : 30 起床，8 : 30 又到现场。阳光刺眼，等一会儿，老汉来了，像个老学者，太棒。少年李虎和他弟骑牵四匹马也来了，羊肉泡馍馆的小孩也来了。阳光下，嘁里咔嚓全部入位，先画上再说，还有一小小孩，五岁，脚踏马头的就是他了。他居然一动不动给我画。因上午是逆光，我只能大概画画轮廓。

中午吃过饭又画了张速写，一是庙，一是清真寺，都将在我画中出场。傍晚又请回这些人，一一对照光线。李虎的爸爸也来了，很瘦硬朗的青年父亲，画在右角，看着他的两个儿子太有趣了，胳膊上还有龙的文身，牛逼！临走一帮小孩抛着一只死鸽子，有了。

2008 年 9 月 14 日

今儿中秋。早 5 : 30 小佟、杨波、雨桐就去了马市，他们要拍下第一个走入马市的人和马。照例 8 : 30 我到了。马市已经挤满了人畜，有马、驴、牛和骡子们，当然还有汉人和回人。汉人在马这边，回人在牛的那边。中午之前我找到了比我想象还好的仰头的大黑骡，伤感的白底灰斑马，还有老者牵的大花驴。当然还有灰和褐的两马。明天我将有把握画它们了。

午饭后我们赶往闫冰家，买了半只羊准备去过节。三儿有点急，我们车直接撞上了前面的红色夏利。没大事，他在处理保险。打车去闫冰家已是下午 4：00。我们在我心仪的闫家小院打牌，起得如此早大家居然不困。吃了羊，喝了酒。月亮明悬在树梢后，我拿了瓶威士忌带大家来到“库尔贝”的风景里，坐在黄土的悬崖前，靠在土崖上，对着高高在上的月亮晒太阳似的，左边的脸居然真的有被晒热的感觉。我们对酒当歌人生几何着，雨桐拍我们的照片，有点像拉登在山洞里。

“月亮在白莲花般的云朵里穿行，晚风吹来一阵阵快乐的歌声，我们坐在高高的土堆旁边……”

人生的奢侈啊，都在我忘却的记忆里。

2008 年 9 月 15 日

今儿 7：00 又醒了，但说好睡懒觉的，兄弟们这几天都起早贪黑太累了。在床上赖到 11：00 吃了午饭又去了现场。照看我工作室的老汉又没在，只好辞退了，闫冰又找来了一个人。坐在画布前想着如何再构图，2 小时过去了总算有点进展。

阴天的傍晚赶快铺上第一张背景，中景画得还行。从右到左是美好的古风到杂乱的现在生活的过渡。构图可心，一切随意。

2008 年 9 月 16 日

下午到现场改了昨天的画，天摸黑儿下来前开始画第二张背景。

绿色真是好难画，我把土地的色彩有意画清白了些，比上一张好看一些，用笔也憨实了些。闫冰说这张画得好。晚饭后，都来我房间看片会，杨波的摄影很有进展，小佟越来越沉稳，敏锐。

2008年9月17日

又是马市，每逢阴历二、五、八就是集。一大早就到了。有些上次集没卖掉的马还在那儿等着买主。

一口气画了远处的小黄牛们，然后已是中午。午饭后小休一下，又一口气画了大半截黑马，真过瘾！上午集市上碰见了李虎他爸，请他傍晚来画。太阳将落本以为他不来了，我也正好喘口气，没想到他来了。太阳还真射着，等了一会马上余晖了，开始画，嘁里咔嚓马上连头带上襟全都有了模样。仅半小时已看不清颜色，太阳落没了。

晚饭又去闫冰家，大吃排骨红烧肉。真是开心。十五的月亮十八圆，真是亮啊。

2008年9月18日

今天只画了李虎他爸的一条裤子。昨天已经把今天的劲儿预支了。

2008年9月19日

今天阴天，一大早就去了现场。马上画了条大花驴，为的是下午能画它前面的闫冰老舅，75岁老马贩子，他在马市贩了一辈子马。花驴画得还行，下午画老舅，画得松而深入，出神入化。全画有了他，齐活了。因为这个老舅画得顺手，我有可能提前完成全画。

2008 年 9 月 20 日

阴天，在现场画了一天。回民小孩何帅骑马的这张背景太难画了，远中近景都暴露出来，很复杂、琐碎，色价还有待提高。天快黑时何帅来了，画了头。嘴又起泡了，咋整的，每次出来画画都会长出嘴泡，很难受。

2008 年 9 月 21 日

今天又是马市，现场许多牛马。正好找到了一匹白花点马，我把所有的画都摆在棚子边上，开始画何帅骑的白马。没想到白马和黑马站在画前出奇地安静，画得我大汗淋漓，小佟、杨波他们一定有得拍摄。花点马真的好难画。他们拍完我画马，又去拍摄杀马：屠夫牵过马，对着脑门就是一榔头，马倒地，屠夫割脖，喷血如注，完事。别的马安静地看着，等着，像平时一样。

2008 年 9 月 22 日

今天下雨，远山很好看，我画了远山，还有那只死鸽子。然后懒得很，在棚子里看景听雨。晚上回来看片会之后（晚上没事小佟、杨波拍的毛片都会到我房看看，我们叫看片会），偶尔看了 CCTV10 说一个网瘾管教中心，这些网瘾少年每日除了上网游戏，别的都很烦很躁，我看我也差不多了，不画画我就很厌世，我应该去军队呀什么的魔鬼营，整天由别人主宰一定活得健康。我们都是有病的人吧。我们要做正常人。

2008 年 9 月 23 日

哎呀，今天大进展啊！阴云翻滚，空气透亮，阴而无雨。我大开杀戒，先是改了改翻马的远山，接着画了俩孩儿牵马那张的天空，还不过瘾，中午让他们买回来俩饼，接着抡厕所那张，天空那叫好啊，色价那叫高啊，都超出我的预想。下午 5：00 阴云已经让大地没有色度了，收工！明天老婆来探监了。

其实我一直在犹豫有两张是干天亮地的，后两张都赶上阴雨湿滑，如何衔接呢。不管了？先画着？看呗！

半驴半马半骡子，半阴半晴半截子。

2008 年 9 月 24 日

老婆来了。我正在棚里收拾东西，小帅他们来了。外面还下着毛毛雨，听说要下一周，马场很泥泞，满身满脚都是泥。外面没有画，他们逼我快点画让我早回家。我就在棚里画了骑马小孩的远景马市，还画了踏马小孩那张远景庙和民房。他们还不放手，我就又画了厕所前的两匹小马，虽然没完但很好。小帅说才明白好的绘画像砌墙。大家都满足，全体十多人两车直奔闫冰家，他爸的红烧肉真是太好吃了。

村里更加泥泞，简直是溜泥进了他家。

2008 年 9 月 25 日

还是下雨。老婆她们去参观别的地儿了。在棚里改画了骑马小孩的天空，透亮了许多。又完善了厕所前的小马。晚上直奔三儿家，他哥今儿结婚。去他家吃饭闹洞房。新娘新郎坐小板凳，新郎在后抱新娘奶子，新娘“呜儿”叫一声，新郎在后“裤衩、裤衩”边叫边往前。一旦失误就挨众打。

易马图，200 cm × 800 cm，布面油画

2008 年 9 月 26 日

老婆走了。还是下雨。画小孩踏马一幅的全背景，雨中的地红湿湿，草绿滋滋。画得比前几张细微很多。傍晚去礼县边上的一个小小基督教堂。宽敞干净，有一个小风琴。我弹着，慢慢地进入悠悠低沉和清亮境界中。小佟激动说我们的片子有了结尾，这段音乐太好了。

我和教友们唱了许多赞美诗，直到快 9：00 才离开。心灵好像干净了许多。也没想到他们祈祷的内容大都是针对社会的腐败呀、末日呀、病呀什么的。

2008 年 9 月 27 日

仍然小雨。中午稍停间隙，把画全都搬了出来，真是从夏天画到了秋天，从晴天的傍晚画到了雨天的中午。每张画都有不一样的色彩，凑到一起乱七八糟的，像靠天吃饭的农民一样，自留地里各种蔬菜噌噌乱冒，长得真有劲儿。然后又画了画厕所。晚上回来看片会，看到我站在满是泥坑水洼的马市操场上，像一片孤舟，只有我和画架的地方有点干土地。看来明天我也把厕所前的两匹小马周围画些水坑才对得起这天然的画室，这个画室偌大无人，空旷自由，靠天吃饭，尽享分秒间的自然变化。

晚饭大家喝了两瓶白酒，如果卡车到，明天下午旭子将带些这些画完的和局部没画完的画押运回京。我和另外的人后天火车回家。

我们的团队在展出的画前合影：导演佟卫军，摄影杨波，图片摄影张雨桐，学生闫冰，司机三儿，我和我的助手旭子。郭小力提前回京办事去了。

2008 年 9 月 28 日

要走了，和来时一样，雨后天晴，又热起来了。他们装箱，我还最后抓紧时间画厕所，原来的干地变成了大小不一的水坑。下午就开始等卡车，总是说马上到结果晚上九点多才到。天大黑，有闪闪星星在黑空中。趁星光和手电大家拆棚子，伴随我们二十多天的天然画室轰然无迹。

卡车只来了一个司机。众人将装画的两个大木箱抬上卡车，从未见过这么慢性的司机，往车上绷防雨布就又用了两个小时，而且不要别人帮助和建议。晚上十一点多我们一行八人又来到每天中午吃羊肉泡馍的何帅他家。他的妈妈和姐姐们都住店里，停电，点着蜡烛给我们每人一碗羊肉泡馍。吃完，旭子押车融进黑夜。回到县城旅馆已是深夜，忽然想起今天傍晚的霞云，那雨后的火红火红的霞云映遍盐官的马市操场，映遍远山近水，遮蔽了我们的烦恼，也赏赐了我们的艰辛。

我们在夕阳红里比赛打赌扔石头，还用更大的石头当铅球。

上火

2008 年 8 月 17 日

前天还在天水，今天到了拿坡里 , 身体来了意大利，脑袋还在甘肃。

黑夜里，拿坡里很古旧，Morgan 帮我们租的房子，在旧楼顶层，四周阳台，左手可看维苏威火山，右手见到山坡古堡，满月在天上，天上人间，意大利的家居品位超一流。

2008 年 8 月 18 日

上午来到维苏威火山下面，有两座大桥交叉下的垃圾堆——有床、床垫，有轮船、沙发垫、木头、瓷砖，还有好多烧焦的废物。中午又去了高速路边的彩色垃圾堆，都是塑料袋装的垃圾山，路上车很多，在这画很危险，没空间。吃完午饭又去山边别墅边上的路边垃圾，太繁杂，没法画，画完也无趣。接着去最大的垃圾场，四十多年的垃圾场，都是塑料包缠的一座座梯形的山，占地几公里，上百座垃圾山，超过了绘画的力量，它本身已经足够强了。

还是回到上午第一眼的桥下垃圾吧，绘画只能欺负比它弱的形象。一堆床垫堆成的小山，后边是维苏威火山。

几十上百黑色厚厚的轮胎般的塑料布包缠着垃圾，约 1000 m × 1000 m=1000000 m^2 的垃圾场有四十多年了。

2008 年 8 月 19 日

睁开眼，老婆孩子已经走了，去了罗马。

上午无力，吃过午饭仍无力。下午 3：00 出发去了桥下垃圾场。铺地打稿，5：00 开始了，七点多天晚了，收拾，把所有东西——画框、架、颜色都装上卡车。基本涂抹了天空和远山——维苏威火山。

一身土，像回到了奉节，在垃圾里画画好在不用想擦笔纸等垃圾的处理，随手扔了便是。

回到住处，请的厨师已是一桌好饭菜——意大利美丽的起司西红柿，牛肉，沙拉，米饭。摆在阳台上，月光中，一行七人吃得好美，喝得好爽。

2008 年 8 月 20 日

快完的时候，尼古拉来了，带我们去他家游泳。他家在海边的悬崖上，有象鼻山什么的，太大了。在海里天黑中游泳。小佟、杨波两位在垃圾场拍天黑后的景象，有人围过来，有巨大的老鼠在垃圾里乱窜，他们去了酒吧等我们的车接。回到住处已经是十点多，又一桌好菜，月亮高悬，我们喝酒。

2008 年 8 月 21 日

今天特别热，中午在家门口吃饭都吃不动。下午3:00又去了现场。很紧但还是画完了中间那张，抬进我的住处，晚上接着在月亮高悬

上火，260 cm × 600 cm，布面油画

的阳台上吃酒至深夜。

2008 年 8 月 22 日

今天仍然太阳万丈，拿坡里一直就是这样子。画了左边一幅，一直在留不留空白间做斗争，最后还是留了，这块空白使垃圾美丽而有诗意。

昨天策划人 Morgan 回罗马，她丈夫奥斯卡也早回了两天，今天她们都回来，奥斯卡大律师帮我们开卡车，画布每天都在卡车里过夜，大律师不在 Morgan 开卡车。

我的嘴又开始起泡了，怎么搞的，挺烦的，可能垃圾堆太多，小鬼闹的吧。

我恨不得画出小蚂蚁。明天能完成左幅。还想画一串小耗子呢。

2008 年 8 月 23 日

今天太高兴了，左边的画完了，而且比我想象的好点。这是唯一的渐远风景的抒情篇章，画了许多小小的细节。这幅画将取名为“上火”。

2008 年 8 月 24 日

今儿个画了一半右幅，开始没劲儿，画到傍晚才有了新的可能，画完一帮人都去尼古拉海边悬崖大 house 游泳吃大餐。

2008 年 8 月 25 日

总算 game over ，在垃圾堆里画了七天，Morgan 脸上长泡，奥斯卡感冒，我嘴上大泡。他们及罗兰、罗兰的哥哥、司机总是站在外围，用汽车围起我在那儿画画，黑社会经常来逛，他们说着打岔的话，总算安全度过，警车也常来光顾。不过每天画完的晚饭我们都在一起庆祝，每天大 party，拿坡里真是美极了，有垃圾也遮不住她的美。

古巴十年

2009 年 2 月 20 日

好像从来没有坐过这么长时间的飞机。19 日上午 11：50 从北京出发，九个多小时后到达俄罗斯，飞机在水天雪地的俄罗斯谢什么梅的小小的国际机场降落，在这只有一圈商场的机场里我们足足等了十一个小时，然后飞往哈瓦那，这段飞行又足足十四个小时，到达古巴哈瓦那上空，海岸线直通天际上的一片片薄雾。薄雾下边有牛，甚至还能看见狗。哈瓦那双年展的助理 George 在机舱出口一眼看见了我。我一一介绍李国胜（这次项目的赞助人，也是环碧堂的老板）、佟卫军（纪录片导演）、杨波（摄像），我们四个在俄罗斯机场斗了十个小时“地主”。现在还晕着呢。机场比十年前新了，大了。出了机场依然是那片小小热带树林，还是站着两个人。十年前我从西班牙来时好像就是这个样子。只是土地没有那么红了，也许多了些水泥路面。

路上还是有水坑，还有自行车穿行。路边多了些仓库建筑。汽车把我们带到一栋独立房，有老头、老太太，还有女服务员，这是个文化中心，有作家什么的住在这里。上楼，一个屋子四张床，要我们住这儿怎么睡呢，四个老爷们儿打呼噜！George 又带我们找新的住处。不远，很漂亮的别墅，路边有人慢跑，跟美国生活一样，只是更接近哈雷姆。这里有空屋，只是能住两位，因为他们不允许外国人四个人同一家庭旅馆。于是又找了别处，佟、杨住那儿。这个社会主义国家依然像西方国家，认死理儿。

老李要吃中餐，要去唐人街。汽车奔在海滨大道上，几十米高的海浪依然拍打着这条大街。英雄的塑像还在，多了好些高楼。十年前好像只有几栋。唐人街在老城，还是那个样子，除了老爷车，多了新型小轿车。排队买报纸，排队进大的商店。这个最有名的中餐馆只有门口挂着一个三十年代的中国人的照片，很酷，里面都是古巴或洋人游客，没有一个中国人。吃的是西餐！吃完我先回了，二十几个小时没睡好，太累了。

他们接着逛老城，想找个中国人聊聊。

冲完澡，看着自己坐飞机坐胖了的脚，琢磨着我来寻找什么呢，我能找到什么呢？我想找到十年前偶然游走到的那个家庭，我还给那个家庭的孩子画了像呢。我换上十年前的衬衣，站在阳台上，满眼望去，那个家在哪呢？！关于方位我已经失忆。也许人的内心总想找到过去，那个不变的童年才是我们安心的乐土。中国变了，像奉节的长江把那里的童年淹没在川流的江水下面，我家乡的河流早已变成沙土平地。大片树林变成树苗和庄稼地，还有那些可怕劣质水泥楼房。日常生活除了慢慢地抽烟喝酒，其他都是不愿触摸的麻烦。

我无法抹去社会主义的记忆，最糟的是仍然无法确认究竟是社会主义好还是资本主义好，因为我不知道哪样的社会能够更多地保留童年的乐土。

2009 年 2 月 21 日

早晨天没太亮，醒了，被鸟和鸡叫醒的。这些由远及近又由近及远的叫声让人有希望。起床外面跑步，觉着脑子像肚子一样，肥了就慢慢的木了吧唧的。左嗅嗅右看看，还是奔着没什么房子的空地走去，像天尽头。天尽头是烂尾楼，海浪猛扑。要是在资本主义社会这海边一定贵得不得了，但这里不屑一顾到处是水泥垃圾，任凭海浪拍打。天还早，太阳很亮。人们成堆，说话声很大，很朝气快活。昨天一堆人的那个房门开着，我进去一股臭酸味，原来是粮站，跟我小时候的粮站一样，有人在里说话，但看不见他们。

上午 10：00 George 来，我给他看我十年前来古巴的照片，他说这是古巴东面，两个小时的车程，我很兴奋，他居然能从一片甘蔗地的照片上认出这个地方！我们马上出发，带上十年前的衣服，直奔现场。包车 30 红币（1 美元 =0.8 红币，1 红币 =25 土币）一路狂奔。路越走越宽，油漆路，还有一转盘，怎么和十年前那么不同呢？记得以前是土路，我坐的是帆布篷的大卡车。骆驼车已经变成中国巴士，帆布车没有了。一路没有甘蔗林，只有香蕉树、椰子树，两个小时到了，到了一个城市，叫 Matanzas，又换车到了山顶，是旅游点，一面是海，一面是山丘热带雨林和土红地。哪里是十年前照片上的人家呢？回吧，找不到过去的。回来的路上，见一小村，有点像，下车打探，乡亲们围着照片，都不认识，但仍然比比划划，好像下一个村庄就是。George 又说甘蔗林在西面，这里没有甘蔗，唉，瞎扯一天，回到城里，狂拍一顿照片，前面的地址就是路遇一男一女的地址，没准哪天我去找他们家，去画他们的家里，很黑很酷的一双男女。

哪有童年呢？古巴是供给制，每月每人 5 个鸡蛋，半只鸡，大学教授每月才 5—10 红币，卡斯特罗同志才 32 红币，没有外逃人员的家庭是吃不饱饭的。路上跑的老爷车，无论是40年代还是70年代那都是祖传的，新汽车是不能私人拥有的。无论是租车还是租房，都要先付钱。

2009年2月22日

上午去找Tommy，一个家庭旅馆老板，过去跳芭蕾的，尹齐毛毛的书写好多他，我带给他一本，他高兴坏了，屋里是看不过来的各种花草小器物。我还请他带我去女芭蕾演员家，女的很漂亮，已经有两个孩子，丈夫是艺术家。街上的人大都认识Tommy。小少年在街上打棒球，很精彩。可画之。下午去George家吃饭，吃完他太太带我们去很远的西边买雪茄，爬上五楼，四周是破烂的楼区，工人区吧。屋里两黑女子，室内陈设塑料花、照片、洋娃娃，还有挂钟、柜子。东西简单有宗教感。买烟过程很有趣。可画之也。

总是一阵阵悲伤不知从何而来。睡了，懒得下笔。

这边的Tommy到处显摆尹齐毛毛的书，那边的尹齐因打羽毛球跟腱断裂，手术三小时，将卧床三个月。

2009年2月23日

昨夜没睡好，今晨很早起。赶到城里马格丽特办公室，她是哈瓦那策展人。她的助手George已把我在户外画画的准许证办好。我对她说我除了画普通家庭外，还想画一张卡斯特罗的肖像，她问是对着照片吗，我说要对真人画，她哈哈大笑，说老卡现在病了，只见阿根廷的领导人。

中午又转老城，又找到了小男孩在街边打球的场景，还走进一个黑人家庭，很高的老房子，房子前景是客厅，两女儿委在深蓝色的沙发里，厅的后门就是高高的天井，电视边上一堆一堆的瓷人儿、基督教塑料花等等。备选此家画画。拍了几张照片是要付钱的，走到街上碰了绝美黑女子，拍了也是要钱的，我挑选的白墙、蓝墙、黑栅栏的背景也可画之。在海明威酒馆吃过午饭，我坐在马格丽特办公室就睡着了。老李他们带着会讲中文的黑人女孩美琪去换比索，买菜。下午 5：00 一起回来，出租车带我们买鱼，每停一处多加 5 红币，显然古巴人上下通气，不把外国游客的口袋掏空誓不罢休的。都说古巴人厚道，人好又健美，我看日常生活里的古巴人并非如此。今晚自己杀鱼做饭，家庭旅馆的女主人非要帮忙，语言不通，我们直哆嗦，因为不知道帮完我们她还要多少红币呢。想想还是有一件快乐的事。出租车带我找鱼店的路上，我突然看到哈瓦那大学，右边一上坡是我十年前住过的旅店，赶快请停车，这次他没加钱。下车走到旅店前，原来叫 Golina Hotel，名字真的忘了，但门前的几排竹椅和黑人保安还是那样子，当时门前还有一冰柜，里面只有一到两只鸡腿儿。饭店的左前方是邮局，我在那儿曾经给中国及世界各地的朋友们寄过几张 Che 的明信片，那时到处是 Che 的头像，无比销魂，现在少了，看了也跟看了戏子一样假模假式的。饭店的右侧是当时唯一的高楼哈瓦那大酒店，黑夜里更黑的灯，而且一直停电，现在好像都有电了。再往前走是冰激凌公园，当时街上总是站着人，拉人去吃饭，然后要一个美元，现在他们要一个红币，不要美元了。我还记得一女子跟我搭讪儿，我没太理会，过了街再回头，她身边多了个便衣警察盘问，今天美琪陪我们转老城也是被警察查了证件，美琪告诉我们说警察认为她是妓女。怎么就是一发生接触就那么缺乏信任呢？谁也不信谁的，这是怎么形成的呢？一个大家庭的美好的教育模式怎么在现实里正好相反呢？

闻着老李炸鱼的纯香，赶快吃饭，吃饭乃第一要务，其他随鱼香而去吧。

2009 年 2 月 24 日

上午 10：00 去古巴艺术家 Franklin 的家里，在 Marc Toncy 路子上有所思考，对古巴的思考，对古巴社会的思考有知识分子的深刻性。1 米 5 左右油画售价 5000 美元，半开纸的纸上水彩 300。

中午中国城吃了面条，下午又去老城转。转到小男孩打球街口，找到了家庭旅馆，正好能把大画布搬进去。这个旅馆还住着几个福建小孩。下午找到了小男孩的家，等到 6：00 妈妈下班在家，答应我们周六下午孩子回来就可画了。可是我的画布还在机场海关呢，但愿此前能取出来。

2009 年 2 月 26 日

马上搬家，搬到老城离画画的地方最近的地方，这些天就是这样，找食儿找地儿，整天像老鼠一样窜来窜去。昨天老李又吵了一架，因为我们提前一天离开这家旅店，老板不退钱，他妈的哪有此理，不能提前走！翻译也是，每次通过她叫的出租车都是贵出一至三倍。我们拦车都是五块，她嘀嘀咕咕地拦车就是十块、十五、二十的，他妈的真他妈的没救了。还不知道明天以后的生活怎样呢，好想回到工作室一个人慢慢画两笔的生活，好想结束这样的写生生涯，困难总是比想象的气人，麻烦。[……]

2009 年 2 月 27 日

坐在海边吃早点，总觉海平面比眼前的路和桌上的鸡蛋都高许多。海是太干净了。昨晚搬进了离海很近的老城街区，吃完晚饭深夜去海边，路过一窗口，里面几个男女青年，叫我们给烟后进了蓝色墙，五男一女，17 到 20 岁，像美国西班牙人一样，正准备练嗓跳舞。请他们去海边喝啤酒，一人一瓶不多要，很乖。现在想起他们屋里的蓝墙底的小花，真是蓝色的梦想。看看手机上的时间已是北京 28 日凌晨 1：00，这里是 27 日中午 12：00，心情像时差一样被揪走了好多个小时。

下午 5：00 又去这家，他们的老师来了，带他们练唱。4 个男孩合着边唱边舞，很好看。美琪和他们说好了我下周会画他们。画布、框下周二才能出海关。在刷着粉红、绿、蓝的前厅画 4 个大男孩，在后面的家徒四壁的厨房里画此房主人，他有爸爸妈妈和妹妹，围在厨房吃饭，地上有鸽子走来走去。阿曼多看上去像纯种黑人，一点也看不出有华人血统，只比一般黑人精美一点。（每人每天 10 红，房间每天 10 红。）

2009 年 2 月 28 日

中午去美术馆接受古巴电视台采访。问我这次来古巴的计划，我说：除了想画十年前那个家庭外，我还想画菲德尔·卡斯特罗。我希望菲德尔看到这个采访，然后说："噢，那个中国年轻人，过来，我给你两个小时。"

尼采对无情的解释和要求是：我的善意就是我的堕落。

2009 年 3 月 1 日

今天应该是 3 月 1 号了吧。老伴儿打电话来说替我收得"艺术中国"2008 年度大奖，我觉太好，总得有件事冲冲 2008 年的晦气。

（上图）阿曼多和他的朋友，200 cm × 250 cm，布面油画

（下图）阿曼多的家人，200 cm × 250 cm，布面油画

接到这个电话时我正走在赴 Varadero 路上，这个地方是哈瓦那东边 200 公里左右的碧蓝海湾。我们用 140 红包车往返此地。一路经碧蓝的海，应该是至今我还没见过的纯净的蓝色，一条碧绿，一条群青，层层叠叠直至天边。我想碧绿是海底的白沙，群青是黑色的珊石。古巴的自然环境是用 1100 万古巴人民艰苦的生活换来的。

如果有一天，这里也大力发展工业，恐怕会变成中国的渤海湾。

2009 年 3 月 1 日

昨晚古巴的新闻联播真的播出了我的采访，也原话传译了我的两个愿望，也许十年前的那家人会找上门来，即使卡斯特罗没让我画，这里老城的人民也不会太欺负我们了。

今天也从纯净的天堂般的海边回到了哈瓦那，一进门，果然旅馆老板娘非常激动地说电视上看到了我。以后的日子好过了。

2009 年 3 月 3 日

来消息说画框今晚 6：00 才能到美术馆，意味着明天上午验收并钉好画架，再抬回两张画布。明天 4 号晚上开画。我想晚上画那四个男孩，周六周日下午再画街边打球小男孩，从 4 号到 24 号共二十天，前十天的晚上画四男孩，后十天的晚上画他家四口人，中间有三次周末的白天画街边的小男孩。

中午在旅馆居然上了 Inter 网了。看到蔡姓先生在法国佳士得用 3410 万欧元拍得兔、鼠青铜头。我真不明白我们中国人怎么就这么愚蠢，那些圆明园十二属像铜头就是很一般的工艺装饰品，而且是当时意大利人设计的，跟中国好的传统艺术无关，怎么能作为中国的国宝呢！

街边的肉菜店总是有猪肉猪头在卖，可能太贵，普通古巴人买的不多，肉就不新鲜了。我们每天吃这样的肉，肚子胀就会慢慢地大起来吧。这时好像很自然想抽雪茄，雪茄的味道正在抵消着从肚子到嗓子眼儿、口腔泛上来的不鲜的肉味。雪茄是消毒用品。

到古巴首先要搞清楚两种货币，一是土币（Peso，比索），一是红币（CUC）。土币是当地人的钱，（1 美元换 25 土币），红币就是当年中国的外汇券（1 美元换 0.8 红币）。土币只能购买食品，红币才能购买各种生活用品。一切麻烦由此而生。普通古巴人月入 300 至 500 土币，合 15 至 20 美元。饭馆吃饭只收红币的，每人每顿约 10 红币。

菜市场的猪肉 25 土币一斤，鸡蛋 2 土币一个。这意味着自己做菜吃是在饭馆吃的二十分之一。所以只有游客才能在饭馆吃饭。古巴人的婚礼喜宴也是在家里做的，不可能去外面吃。古巴人消费得起的是音乐，打开收录机每天大街小巷大唱特唱。

2009 年 3 月 4 日

上午如约赶赴美术馆，画框未到，说在路上。等呗，斗地主。下午还没到，说是今天到的将是别人的箱子，我们箱子太大，得等明天。操你妈，我们已经等俩礼拜了，永远是明天。傻逼海关油头官样，下午 5：00 来了，一车小件，真的没有我们的。操你妈，永远在路上。我们的箱子是 250 cm × 30 cm 厚，从北京到哈瓦那运费不算，从哈瓦那机场出关运到城区，就又要走了 800 美元，给钱也行，你得办人事呀。每个人都耸耸肩。钱掉进了地狱。古巴呀，真是命。就像飞机到达古巴上空看到一片湿地，湿地对于自然环境是没的说，可是社会体制如果也是一片片云里雾里的湿地，那我们真的熬不出那十八般地狱了。翻译美琪说我们古巴人就是乐，就是每天高兴，不管明天有没有吃的，今天就是高兴，每天就是高兴。对，我也高兴，想着女儿前些天给我的短信我就乐，她说："我和妈妈谈到你们学生时代管你叫高玉宝，我说我就从没见过这类人。妈说：你只见过腐败的高玉宝，没见过纯情的高玉宝。"

2009 年 3 月 5 日

四个小伙的画可叫"铅鸟"，他们书写关于自由（那天我偶然看到他玩一只头很重的玩具鸟）。他们家吃饭的画可叫"家"，可书写关于国家。街边打球小孩可书写"金钱"。

晚 7:00 按时画了四小伙，进门一屋子大人小孩男男女女一大堆。不管，照画不误。大概确定位置就开始铺色了。粉红的墙和后面的蓝墙。地面的图案太乱了，算了，先空着吧，空着空着就有另外的道理了。

每个人勾勒得很生猛，为下步进展将会很顺笔。粉红的墙用圆头笔，蓝墙用扁笔，挺好看的。围观的人太多，我怕出乱，10：00就收场了，第一天只要顺利开笔，万事大吉了。

2009 年 3 月 6 日

白天有无力感，和大家一起买点菜，老李很早就去买鸡蛋了，居然成功了，他自己找到了黑市，下午我们又随他而去，卖鸡蛋的那女的又倒大蒜了，黑色妇女坐在街边，还怕警察来查，从书里拿出一棵大蒜，5 土币，比鸡蛋还贵一倍多呢。

晚上七点多我去画了，老李之前去了，给他们开了会，告诉他们很多道理。所以我去就开画了，发现比昨天安静许多，原来老李开会告诉这家人和这帮小伙子：你们的歌唱很好，古巴再有 5 到 7 年将会变得开放，那时你们将会有机会闯世界，我也可以介绍你们到中国发展，你们不能管刘小东要烟，这里没有卖的，他的烟没有我的贵，我给你们。不要在屋里大声说话。每天记下你们的时间，画完后一起给工资，不能现在给，否则就乱了。有任何问题找我，不能有任何事麻烦刘小东。

难怪今晚画得这么顺手，很安静，很深入，原来老李真有管理办法。11：00 结束了今天的工作。每天晚 7：00—11：00 画画，真是最好的状态。

2009 年 3 月 7 日

今儿还行，挺顺利，几乎画完了 Armando，白天还去了十年前住过的旅馆喝杯可乐，然后去了冰淇淋公园，1.5 红币吃一个球，古巴人 1.5 土币一个球儿。

忽然想是不是画个黑女孩裸体比街边小男孩更好一点，试试看。

2009 年 3 月 8 日

白天没事又去 Armando 家，琢磨着如何进行厨房一画。Armando 家有父母，姐一个，妹一个。他的爷爷是二分之一华人，昨晚还来了，黄褐色皮肤，脸型是姚庆章。他姐姐有一五岁左右小女儿。这样画下去恐怕是七口人。但是他家的厨房很有味道，这样的静物就已经很好，加上这么多人怕反显多了，再琢磨几天吧。看是否只画四口人。他父母在小床上睡了，画了下来，很安静。

2009 年 3 月 9 日

今天打算画完 Carlos 再画 Carlos，两个叫 Carlos，结果后一个 Carlos 没来，画完前一个 Carlos，Luis 来了，就画他了，小伙子长得真精神。

老李给 Armando 的爹妈拿去了一碗红烧肉，他们太爱吃了，大女儿还端走一小碗，不是给老公就是给爷爷拿去了。他们在厨房吃肉，我拍了几张照片，这家人真的很可爱，爹爹很有镜头感，有点侯孝贤的劲头儿，这家人让我们心踏实了下来，好像来古巴排除所有的麻烦就为了和他们家在一起。

2009 年 3 月 10 日

今天该画后一个 Carlos 了吧。我想把他画得瓷实一点，因为他边上的 Carlos 和 Luis 都太书写感了。

晚 11：00 画完了。左腰很疼，一直歪着身体画。人物就此结束。明晚开会谈思想，然后再用一两天整体通气儿。如果他们的谈话有意思就可写在画面上，没意思就算了。

“斗地主”又到深夜 2：00。

2009 年 3 月 11 日

中午起床，去唐人街吃了，旅馆门口修管道没煤气了。左腰还是疼，晚上还能画吗？坐在海边，要了杯咖啡，海对面是美国，从那边吹来的海风令我烦忧，那里的股票、楼市、画市下挫 50%—80%，按风速来讲会跳过古巴，掠过太平洋，下礼拜就会到中国。在我四十六岁的生命中好像只有〇六、〇七年觉得有无限放松的经济生活，只有两年。下面的日子将和以前的日子连成一片，〇六、〇七年忽略不计了。

心柔半晌软如婴，呵护多年细无声。玻璃边缘海一线，朵朵白浪相濡生。

2009 年 3 月 13 日

昨天闷头整个搞一遍画面，修修乘乘，增增补补。本来想让这帮人写上一些文字，看来不妥，没地儿了，而且有简单画意之嫌。今晚将重开一张，画厨房中的 Armando 的爸爸，很谨慎的表情，有时说一堆话，一定是提醒孩子们不要乱说的警告。我们都是社会主义的人，对这种表情太熟悉了。

2009 年 3 月 14 日

昨晚画到 9：30 就筋疲力尽了。想用手纸擦改一下轮廓。发现他们家根本没有手纸，如厕都是水冲，纸篓里有废纸，这些废纸也是我们画画的旧报纸。

今晚全面铺开，画到煤气和锅时，突然有神来之意了，画得畅快极了。各种物件都是跳出来的色点。画得高兴，完了就去酒吧里喝酒了，抽了雪茄，回来的路上晃晃悠悠。

2009 年 3 月 15 日

昨天画得高兴，喝多了。今天只能力不从心。把桌子改成黄澄澄的了，不知可否，画完人再说吧，也许改成纯白的塑料布。但是地画得挺好的。本想全画，到了一半就够了。关系很爽。

2009 年 3 月 16 日

画前看一帮小伙子小孩儿在街上打垒球，看了半晌，很好看的形体动作。晚上画了 Armando 的爸爸。一口气画到恶心为止。然后去喝酒了。明天画妈妈。老婆来短信说在环碧堂网站上看到我画画了，很累的样子。是啊，每天在奉节加拿坡里的空气挣扎，看着老李他们倒买鸡蛋、买有味儿猪肉，还有旅馆那臭味儿的厨房能有好肚子吗，每天胀肚拉稀。除了“斗地主”。只有早晨和凌晨去海边走走和喝酒，稍稍忘记这环绕鼻腔和内脏的鸡猫狗臭、人尿垃圾堆的综合之气味。上帝呀，[……] 贫穷到底是罪恶还是机会呀？像游客那样搂搂美女，满足一下拯救者的虚妄吧。

2009 年 3 月 17 日

醒来又想昨夜的梦。梦里我在太阳坊的阳台上打到一只蜻蜓，在扫帚下面挣扎挣扎就慢慢变成了婴儿，很像红孩，后来我救活了他，我差点扎破他的眼睛，那样他就完了。他很快长大，像早晨晨练一样，我俩顺着挂满霜的臭水沟跑步。他还用英语说他家，我知道他爸妈在找他很急，我就跑了。回头看到两个小学生盯着我。我跑过望京花园大门。跑进钟鼓楼一带高坡地胡同。胡同的墙、假山都涂成绿色的，看上去天显蓝了，但总有一层怪怪的虚虚的空气，绿唧唧地堵着这片天地。下山我碰见街委会聊天的人还说我知道你们想美化环境但这样都是绿色会使这里的儿童色盲的。

跑到家，看到红孩儿不睡觉，总是爬进爬出妈妈的被窝，嘴里还吐着很多食物。铁北一朋友告诉我那小男孩的爸爸要找我，朋友说没事，即使报警了，你就是不承认。我想也是就不承认我差点杀了他，看警察能扣我几天，但心中依然慌慌的。走出门看到爸爸妈妈在雪地里弄雪，这是半山屋子，爸爸顺山上望，阳光忽然变成了混蓝色，雪都变成了绿色，茫茫的一片天地。

半醒间我还在琢磨该怎么向警察解释小孩的事，唉原来他是一只蜻蜓，变成小孩子了，还是我救活的呢！可是人家信吗？

2009 年 3 月 18 日

今晚给 Armando 的妈妈画漂亮了。

今天应该还是 18 号。看看手机北京是 19 号。所以他妈妈应该是 17 号画的，因为今晚又画了他姐，比他妈画得还好、结实，顶住了整个画面，有了他姐，整个画面都变得有道理了。

白天去了古巴革命广场，每人 10 个土币，也算是出租车，能坐 10 人的小车。广场的警察还查我们了，看到我们摄像机了。

每天睡得太多，总有 10 个小时，中间醒了，再睡就过去了，因为屋子没有对外的窗子，很黑。这 10 个小时算是躲过了所有闹腾，古巴的白天直至半夜没有安静的时候，天一亮所有人就大呼小叫了。音乐像空气一样到处都是，算下来其实就那么几首说唱音乐，反复地放，从出租车到任何街角都是。每家都开着门窗，路过就看，所以古巴人是很少有私生活的，生活是敞开的，没有什么隐藏，就像 Carlos 说的：钱不是什么，因为我从来就没有。也就是说我们的私生活都是一样的，因为从来没有私生活。

那首最易学的流行歌我们马上给变成了中文：

傻逼，一帮 Hino 在找吃的。傻逼，一帮 Hino 在哪儿吃哪。

忽然想画一张“裸体的黑玛哈”。古巴曾是西班牙殖民地呀，这里的建筑和人的生活习惯依然非常西班牙。只是像原子弹爆炸后的西班牙。

2009 年 3 月 20 日

昨晚画妹妹，不一会儿她就动来动去，哭了。原来当晚有个小party，她硬被姐姐带回做模特儿，很气恼。于是我又是送铅笔，又是送巧克力、可乐什么的。但好一会，还是动来动去，气死我了。回来找 Barbara 谈了，她愿意做下张裸体模特儿，她长得很漂亮，全然一个时装名模。她就是我刚到 Havana 时街头碰上的黑美女，拎着面包，我还拍了照。她平时随她表姐拎个塑料袋，里面装着小衣服，到处卖，还可陪睡挣 30 红币。今天下午我将完成厨房这张画，明天画 Barbara 躺在 Armando 的破床上，动作效仿裸体的玛哈，变成一幅裸体的黑玛哈。黑人代替了白人皇后。西班牙殖民古巴五百年，五百年后古巴人爬上了西班牙皇后的床。啊哈，让我再活五百年……

2009 年 3 月 21 日

今天开画黑玛哈，很久没这么狠画了。颜料直接用刀抹在布上，大厚方笔横扫一切牛鬼蛇神。墙、被子、床一切都在横扫中。明天画人。

在 Armando 家画人体，就在他的床上。他爸很紧张，老李劝了半天。他回答说你们是政府允许画的，可是政府并没有允许我家被画呀，你们走了我怕我们有麻烦。但是为了挣钱给 Armando，还是得同意你们画。Armando 搞音乐，请老师每月需要 5 红币。老李说以后每月给你寄来 30 红币，用于发展 Armando 的音乐才能。

第一天人体画下来，没发生什么事，此家还是非常高兴的。

2009 年 3 月 22 日

画黑玛哈，专注画了一下午，几乎从头到脚贯气到底。我的锁骨都累疼了。虽然不像昨天天气晴好，阳光直射，今儿阴天下雨，屋里很暗，人物画得相对安静。

深夜一个人走在海滨大道，坐着看海，海真是属于诗人的，一阵阵海浪扑来，扑来做什么呢？

2009 年 3 月 24 日

24，零点。生日快乐！爱你一生。高玉宝。

我笑了，你要在就好，该喝红酒了。太想你了眼泪流了。

我在 Barbara 的头顶上方的墙上画了一个大花旅行箱子，这是我在另一家看到的景象，他们把箱子挂在床头，是深红色的。Barbara 管我要这只箱子，天啊，哪有这箱子，这是我瞎编的箱子，图案是我旅馆床沿上的。

马上走近尾声的画，这次活动的实践部分也该画句号了。明天运到展场。

策展人来看画画场面，很有趣，你想想，在一个混乱不堪的老区的一个混乱的黑人家庭，我在窄小的卧室的破床前画一黑色女子，能不好看吗！人们出出进进,人来人往。老李向她解释我的这次绘画，其实是一次大的行动，是活的艺术，参与其中的每个人都从中受益。无论我们对古巴社会的了解，还是这个被画的家庭及朋友都各得其所，我想也是。这次来古巴本想寻找十年前那个家庭，没找到，这意味着寻找童年的想法完全是梦想。我还在寻找哪种社会更好的答案。[……] 我还在寻找中国这个社会到底能产生什么样的人物，如同什么样的环境成长什么样的植物。

今天算是画完了三张，但还不敢说彻底画完了，因为在他们狭小的家里我还从来没有全方位看清楚我的作品。只等明天运到展场再现场发挥啦。人生苦短，生活漫长。

2009 年 3 月 25 日

等待两三点钟来车搬画到展场。

忽然想着今年 7 月份将重返天水拍摄画穆斯林和基督徒。我想带女儿去，她刚刚初中毕业，和爸爸一起去那儿画画，还可以和当地小孩一起玩，骑马辗转于穆斯林和基督徒之间。这些不同地区不同宗教的少男少女们一定很精彩。

2009 年 3 月 26 日

说好几次而且非常肯定今天运走作品。从上午一直等到下午 6：00，来电话说没车。晚 8：00 双年展画册照发，晚会很多人聚集一堂，麦克风几乎没声，8：30 我还是去了现场。操你妈古巴这些上上下下的毫无信誉的人，party 居然还有一直拖着不给我们画框的海关的人，他们穿着官派制服，在人群中挤着争要远远不够喝的啤酒。可怜的红酒和可怜的点心。我真的纳闷我也和这帮傻逼艺术家一样簇拥在这么无耻无信的国家参展。我们真跟苍蝇一样哪里臭往哪里飞，艺术家都是不知真理的臭虫，我们太不要脸了。我们助长了这个可怕世界的最可怕社会，他们几乎饿死了乐观傻逼的古巴老百姓，我们却站在他们一边，给他们社会虚假面子贴金。社会制度的悲剧真是每个人都逃脱不了的，而且每个人都深负其责在责难逃。

2009 年 3 月 27 日

下午 4：00 古堡开幕。去了，标签还没贴。人很多，我画的 Armando 一家人和他的朋友，以及 Barbara 和她妈都来了。我的展厅很热闹，电视、摄影很多，我还真能用英语来者不拒地夸夸其谈。

想不到只用 100 万人民币就能办起这么大型的双年展。晚上 10：00 有乐队大张旗鼓。

我累了，但也完成了，就像古巴人——西班牙人的毛病全有，虽然有许多周折和痛骂，结果总算有了。含着多少恨和爱都是要过去的。

感谢老李、小佟、杨波忙前忙后，烧火找食儿做饭，还背着沉重的设备拍来拍去。

30 号就回家了，好想家。不该离开这么久。女儿很争气，朝阳区中学四项全能（跳高、标枪、跨栏、800 米）取得第三名。中考加五分她一定高兴极了。

2009 年 3 月 28 日

中午 12：30，老李画廊的几位艺术家展在海滨大道一个很老的建筑里展，来了许多人。效果很好。2：30 很累了，喝了咖啡，我要感冒了。一个人回到小黑屋，我已在这儿住了一个月，四周没有窗户，关灯的黑比黑还黑的黑暗。这种黑让我安静，能恢复体力，这种黑也能让我以后的作品更有厚重。

2009 年 3 月 29 日

今晚最后一夜在这小黑屋睡了，明天飞机回了。明天别忘了提醒老李补交房租。这家客店老板是有很老的母亲的夫妇开的，女儿也三十多了，天天换床单，打扫卫生，很安静。家养的狗从来不叫，猫也从不出房，过厅养有金鱼，每个角落都安排了小工艺品。一天晚上我请热水泡茶，老板在电视上看到过我，拿了一封信，告诉我这是刚刚收到的，是允许他入西班牙国籍的信，他的父辈在西班牙，他出生在古巴，我祝贺他，他很谨慎地说从此以后他可以随便出国了。我说你是否要搬到西班牙住，他说不，他还要住古巴。只是他可以去秘鲁看他儿子，去西班牙看他父辈，可是这样需要很多钱。半夜他没睡，我拿着红酒请他喝了一杯。

白天看到过他们，他们老夫妻靠着街边安静地走着，和我招招手，笑着没有古巴人的大声音。

2009 年 3 月 30 日

终于登上飞往俄罗斯的飞机。享受有餐巾纸的生活！这一个多月连餐巾纸都买不到啊。现在是古巴 30 号半夜 12：00，本应 9：00 起飞，晚点很正常，过海关还被查出签证过期了，奇怪，不是签了两个月吗？鬼知道，反正也让过来了。同机被押 2 男 2 女，福州少男少女，在哈瓦那常看见这样的少男少女，很多，他们都从古巴偷渡墨西哥，然后跑美国，估计这几个倒霉蛋在海上被押了。何必呢，跑来跑去，结果都一样，活着就活着呗。

一、自由：

Armando: 可以做他认为可以做的。

大 Carlos: 不要购物票。

小 Carlos: 有各种生活。

裸体的黑玛哈，200 cm × 250 cm，布面油画

Luis: 就是没有压力。

二、金钱：

Armando: 帮助人类过上好生活。

大 Carlos: 不是什么，因为从来没有，所以不能给钱好地位。

小 Carlos: 是倒霉的东西，因为有钱就什么都有，没钱就什么都没有。

Luis: 人类很早时就没有钱过得很好，有钱开始分离人类。

三、未来：

四个人共同想法是好的艺术家，世界各地成功演唱。

四、国家：

Armando: 国家是给老百姓好的生活。

大 Carlos: 不回答。

小 Carlos: 国家就是人类。

Luis: 你天天生活的地方。

五、我最怕什么：

Armando: 什么都不怕。

大 Carlos: 狮子。

小 Carlos: 失去家人。

Luis: 失去家人。

以上是画完他们后对我的问题的回答。

Armando: 19 岁，高中生。

大 Carlos: 20 岁，卫生部蚊虫专检组成员。

小 Carlos: 20 岁，医院护士。

Luis:19 岁，学医，大学一年级。

四人几乎天天组歌，有时还有老师指导。乐队名：哈瓦那王子。

盐官镇

2009 年 7 月 23 日

中午 11：23，我又站在了去年画《易马图》的旧址上，一圈沙石还印证着它们曾经压着我的画棚。孩子过来一个，去年在这儿天天玩耍的，长高了一头。墙角被挖了一个大洞，长大了不愿爬墙了吧，索性打个大洞，偷苹果更方便了。厕所依在，牛马粪味没变。来晚了，牛马市场结束了，只留下大门口两匹马，几只小猪。空旷无风，一个女子走进写着男厕的厕所。

上个礼拜，我们全家三口一直在敦煌，我们贡献了一些钱，为修复北凉时期的洞窟。附中敦煌的同学都在，一直陪着我们。他们回到敦煌已经 24 年了，乍看老了，胖了，十分钟过后就和过去一样了。敦煌上到院长下至司机对我们太好了，少年情谊永远不变。

红孩儿在大门口画那匹马呢。又来了一帮小孩，都是去年的，都长高了。“还认识我吗？”“认识。”“干吗的？”“画画的。”他们记得我。回到没变的过去心情真是太美了，哪怕只是一年。

用什么形式传达这种时间对人的变化，用什么形式表达人生的不确定性？我有不确定的色点，色团。

2009 年 7 月 24 日

“何总：您朋友的孩子刘娃已被四中普通班录取。”中午我抱着这个短信跑向红孩儿，她妈还在打电话，红孩儿激动地抱着我滚在地上。杨波过来拍照时，妈妈也已经抱在一起了，真遗憾没等让杨波拍着第一次被录取的红孩儿的激动样子。

下午去盐官画羊肉泡一小馆。画前去清真寺看礼拜，小何帅也像大人一样洗脸、洗脚、洗手，然后去寺里跪拜。杨波一定拍了不少好的镜头。

画完小馆内部空间已是 5：30，还很热。

回来休息一下就去吃肥牛了，小佟、杨波、闫冰、三儿一天都很辛苦，但都为红孩儿能考上如此牛的高中而开心。四中，可是全北京第一高分的高中啊，543 分。

红孩儿顺利地起飞了。

2009 年 7 月 25 日

下午画了二妮，红红鼓鼓的脸，绿色 T 恤站在绿色墙围子前。画得还很顺，身体再鼓一点就好了。

这个家庭是回民家庭，父亲比我小，四十二岁，有大妮、二妮、三妮、四妮和唯一的男孩（为了生他而生了四个的）何帅，十二岁。

大妮十九岁刚嫁人几个月，在县城。二妮把大妮的电话给我们的时候，写的是大女子，多好，多古色古香的大女子称呼。女子是不能进清真寺的。汉人当然也不行。昨天我就是坐在帘外，帘内是穆斯林们的祷告。四妮也陪我站在帘外。

你在里面，我在外面。一半穆斯林，一半基督徒，我什么都不是，入了这门就不能入那个门，我只是所有门的门外人，纳闷这个世界为什么不能同时进两个门。

2009 年 7 月 26 日

醒来已是阴雨。上午 9：00 我们来到礼县城边的基督教堂，里面五六十人聆听布道。完毕已近 11：00。去年我们来过，兄弟姐妹们都还记得我们。我请管事女子征求全家信主的人，我想为这个家庭画像。

在座的最老的长者同意了，他已八十岁，老伴也在，老夫妻干净祥和，比我想象的还要好许多的慈祥，他答应将带上他的子孙择日来教堂让我画他们全家。

如此顺利，感谢主。慎言善举多生缘。

我想画的时候要去李虎家牵一匹小马过来。耶稣诞生于马槽。这家老少四代人和一匹小马在有电视机的教堂里，如此景观，上帝作美。

2009 年 7 月 27 日

今儿画大妮。大妮今年十九，已嫁到县城大她五岁的人手里半年之久。去年她还是个丫头，青春乍泄，晚上就睡在羊肉泡小馆的临时铺位上，晚上还经常串门到临铺打情骂俏。说好中午 12：00 到我们住处，临时打电话又说帮人在山上打麦子呢。

下午 1：00 到了，比去年瘦高了，有点媳妇而且是比较厉害的媳妇状了。

到了羊肉馆，让她借了头纱，穆斯林妇女结婚后都要戴的，她没有，结婚时穿的是基督徒似的婚纱，满世界都穿婚纱了，雪白的，分不清种族信仰，只要在城里生活都一样化了。

请她爬上她家羊肉馆的小阁楼，小阁楼的宽窄就是一个大单人床的尺寸，她说能睡下她们娘仨。戴上红黑相间的头纱，倚在楼上，粉白的脸突显在黑灰色背景前。画得很顺利，即像格里高列斯库又像戈雅笔下的人物，画完的结果也像他们俩的画，真是怪了。

2009 年 7 月 28 日

上午去爬山，山上有秦朝陵墓，被挖成几何形的土坑，远方是辽阔的风景。考古现场被大棚罩着，阴凉平整，没有其他人，只是我们几个坐在大棚罩着的考古现场，真是平静。

下午画了三妮，在红、蓝、黑、红黑四种围巾中我选了红色，有种莫名的沉静感。我一笔一笔很老实地画她，比前两张用了更多的方笔，也比前两张内向稳重。

没画完，天阴了，还想画就只有等到后天了。因为明天是大集，人太多，饭馆也要营业挣钱的。

郁闷是体内有重量的物质，右睡的时候压着右肋，左睡的时候压着左肋。还会透过肋骨压皮肤，皮肤比平时跳得快许多。

2009 年 7 月 29 日

今天大集，早 7：00 起床，吃过饭赶往骡马市场。人来人往，牛马猪羊被人挑来挑去。因为去年来过,这里的人已经见脸打招呼了，摄像也可随意拍来拍去。

中午吃过，又赶赴闫冰家，去年去过的杏树湾，吃他爸爸做的红烧肉，炖土鸡。

爬上山，第一次进入这里很多山上都有的土碉堡，据说宋朝建的御外敌用的。土碉堡建在山顶上，有十米高，几米厚的土打墙。

大妮，100 cm × 90 cm，布面油画

儿子，100 cm × 90 cm，布面油画

东北角有一门，进去，种上了向日葵，有五亩地的内部空间，一半向日葵，一半荒草，有几棵树。住在这里真是梦幻。

傍晚杏树湾依然安静闲逸，几头牛，几个人。

2009 年 7 月 30 日

中午老伴儿、红孩儿在盐官吃过羊肉泡回北京了。她们还有很多事，8 月 6 号红孩儿的四中分班考试，老伴儿还得在四中附近租房子。

下午又接着画三妮，这张画得老实，一笔笔交代诚恳。画完等车回县城。三儿的车送老婆孩子，顺便去天水修车，三儿的哥们把我们送回县城。一天的雨。回到房间，只有一个人的生活开始了。我该每天练练打坐，消解烦扰。

中午接到丹青短信，他要来这画画。他还特意叮嘱我别有什么人打扰啊。我说放心，到这儿我就给你改个名字叫陈大明。我会安排你到闫冰家的杏树湾，几头牛，几户人家。他高兴坏了。是啊，我很理解，丹青需要与世隔离些天，公众人物永远麻烦缠身，没完没了，名人就是弱者，扛不住了就来山村吧，这里谁也不认识你，与牛马相伴，与草木为依才是真正的美好的生活呀。

晚上喝了酒，回屋看杨波拍的素材，小佟、杨波和我一起讨论到深夜。

我的意思是这次来与上次不同（上次是去年画《易马图》），上次是卷轴画似的长卷生活，舒缓悠长地展开。这次是一个具体单位的纵深发展，大隐隐于市似的在嘈杂的闹市中有一种静观。没有来龙去脉的言谈，用画面和声音传达更广阔的信息与更内向的品质，朴素，冷静。

我将画两张 260 cm × 290 cm 的画，一张是穆斯林家庭，就是这个羊肉泡馆的一家人；一张是基督徒家庭，将在县城边的基督教堂里画一家老少四代人。

我再自己分别自画在两张画里——你们在里面，我在外面，里面能不能更宽容？外面能不能找到归宿？

两座清真寺都很壮观，就坐落在小小的盐官镇上，四周一片集市的市景喧闹和不停的修路堵车的乌烟瘴气。一座基督教堂本在荒芜的坡地上，现在紧邻的是正在大兴土木的劣质水泥商品楼，后面是奇形怪状的农民的欧式别墅和高压电线。

2009 年 7 月 31 日

7 月的最后一天，画了四妮。这批油彩不是以前我用的，所以画到第四张开始掌握了这批材料的性能，也因此很顺手地完成了四妮。

回来的路上，看着路边的风景，忽然好想念老朋友们。一阵阵伤感袭来。

三儿和闫冰在天水修车回来了。晚上自然喝大酒。闫冰很感激我，无论是推荐尤伦斯展出还是这两次盐官之行的言谈影响。说起当初最困难时期，王光乐如何帮助信任他，也说起光乐心中如何感谢我当初对他的帮助。是啊，多美的传递啊，把感恩化为对陌生人的爱，对陌生人的爱就像基因的传承，越远越健康。分离一些爱给陌生人，因为我们对熟人已经付出很多情。

2009 年 8 月 1 日

今天去盐官清真寺画了穆斯林用来顶拜之前洗手、脚、裆的水壶，四个水壶取名四瓶，很吉利的啊。摄像里一定很有趣，我在洗房画画，

何氏一家，290 cm × 260 cm，布面油画

穆斯林就在边上洗，人来人往，互不干扰，各干各的是影像里最有意思的东西。

何帅还在上学，得一周后才有空让我画，他的爸妈不让我画，何帅说大人不能画，画了会有罪。我们还去了何帅家，他爸经常在自家院中杀牛，卖肉。下次杀牛一定拍摄噢。

至此，有关穆斯林家庭暂告段落。明天奔赴基督教堂。

每天一张画，每天都值得庆祝。从今天起我关心粮食与蔬菜的价格，从今天起，我要有一所房子，面朝大海，春暖花开。

从今天起我爱每一秒钟。

2009 年 8 月 2 日

今天上午去基督教堂礼拜，张老长者在，我就要画他的一家人。下午 2：00 接来了他一家部分人员，有老伴、儿媳、孙子、曾孙等等七八口人，其他儿子不信主，坚决不来教堂，好吧，就画这几口人吧，也是老少四代人啊。

先画张老，八十岁了，温良谦逊的样子，按基督徒的样子，在十字架前应该微低头，内心喜悦，他做到了，我也画到了，还拍了一些他一家人在教堂里的样子，很好，就缺一匹马了，有一匹马在他们面前就太棒了。

2009 年 8 月 3 日

昨夜大雨，今晨小雨绵绵。接上张老夫人，教堂锁门，到处找了半天，管事杜女士来开了门。画了张夫人，也是祥和的脸，几乎不敢下笔。

2009 年 8 月 4 日

下午 1:30，接上张老长子，四十八岁，开了一家饭馆，在城边，是农家乐的大院子。画得很顺手，他还要去买菜，所以上衣都没画，恰好没画，效果更好。一台大电视顶在他身后。

晚饭就去他的农家乐，有张老、杜女士一家五口人，喝了酒，还不要我们买单。

凌晨 3：00 丹青到，闫冰、三儿去天水接站。

2009 年 8 月 6 日

昨天画了张老的三儿媳妇，圣诞树前的半身像，白白鼓鼓的画得不错。丹青也在边上画了张老和他的孙子。丹青提醒我把马换成驴才更符合基督教义。

今天画张老的孙子牛牛，橙色上衣，手持一把掸子，很干净的温灰背景，每天因人不同背景的白墙都是不同的。

丹青、闫冰去了杏树湾。本来想让闫冰请李虎拉驴来画，教堂杜女士和张老都说就在附近找，结果真找到了，明天下午画驴。耶稣就是骑驴进入圣城耶路撒冷的。

路江来了，说来就来，前天打电话我还说车票难买，接送困难，昨天他突来电话说和娄哥一起来，已经全部搞定，和我完全两个系统，不影响我任何事情。真是军事化天才。他们飞兰州，武警安排大车到天水，再到我们礼县。

正与路江喝酒，女儿来电，哭了，说正在家看小时候录像，看到三四岁时在西班牙抱着我的腿走路，太可爱了，她想亲她一口，哭着想爸爸。那时也是好几个月没见到爸爸。我说再有一个星期爸爸就回去陪你，接着看小时候录像，现在可别一下子看完噢，别哭了啊，爸爸回来了。

2009 年 8 月 7 日

今儿立秋。本来这里就很凉爽，立秋反倒不显。昨天已经联系好的驴还没来，我已等到 3：00 了。我站在门外。来了，一老汉牵三头驴来的，二匹有缰绳，一匹小仔。都是黑棕色，不像内地驴的灰色。二匹留在户外，是母子。老汉牵一匹进教堂。开始驴不进，进来后还很老实。张老一家除了儿子也都来了，小外孙不敢骑驴，妈妈扶着也不敢。我们大家和驴合影，怕驴着急马上开画，老汉牵着驴，我就画开了，杨波也猛拍。驴很明白，站着不动让我画，最后老汉待不住了，牵驴就走，唉，也可以了，也算画完了，很开心。

晚上路江在大集上买了猪肝、鲜肉，按娄哥的说法立秋要抢膘。

好，晚上抢膘喝大酒。至此，基督教堂的作画工作基本完成。

2009 年 8 月 9 日

昨天去了杏树湾，丹青在那儿画画，住进了闫冰家。进村就看见他在一家小院画老汉呢。不打扰他让他一人享受这难得的享受吧，我们放下羊肉、菜、酒和给闫家的两床毯子，就去了上闫村，找半天才找到土古堡，已经平整，只剩残垣断墙，有一小庙，庙后有山洞，平整的晒谷场。远近景色都迷人。

晚饭前听丹青说闫冰舅家小孩得了白血病，我们请闫冰转两千块钱，以安慰痛苦的孩子妈。

晚饭和闫家父母、丹青喝大酒，听丹青讲历史。

今天，又小雨，约好画何帅，他没在。在他家吃过羊肉泡叫他回来开画。他已不像去年，也许在自家的缘故，他很不配合，左动

孙子，100 cm × 90 cm，布面油画

右动根本不给我时间描画。在有些气愤的情绪下，还是抹完了。

穆斯林家庭也就画完了，明天也许去画一张苹果树，这将是本次项目最后一张，后天收拾行李，大后天开拔回师北京。

知道大后天要离开这儿了，回城的车上看着雨中路边、河边、山边的树们，还有草们，真想变成他们，在河边就这么长着，记忆尽失。

2009 年 8 月 10 日

今天索性就画一棵树，一棵苹果树。这棵苹果树就在离河床不远，在荒草和菜地之间。

下午薄阴，笼罩在这棵小小的苹果树上。好想回到古罗马壁画时期对待一棵树的态度上。

2009 年 8 月 11 日

装箱了，所有作品共 14 张，穆斯林家庭：大妮、二妮、三妮、四妮、何帅、羊肉泡店、洗壶共七张。基督徒家庭：张老、张夫人、大儿子、三儿媳、孙子、驴、苹果树共七张。

下午顺利运走了，回京。

2009 年 8 月 12 日

回拔。一切都会过去的。——丹青母亲语。

苹果树，100 cm × 90 cm，布面油画

观舞图

2010年4月6日

来上海第二天了。昨天到的，忙着去老乔那挑了八个模特，喝酒至深夜2：00。

今天上午去陈韵帮忙找的画画空间，在外滩附近新黄浦集团大楼一楼的展示厅里。拆除了原来摆在中间的模型，铺上我们买来的地板革，展开我的画布，177 cm×660 cm，在地上显得不够宽，我要在上面画上八个美女，四个手拉手，四个像琴键一样站在边上。这张画很早就为外滩源世博会项目设想了。那时由UCCA策划几位艺术家的作品将在这座老建筑里展出。我来过工地，我的画将挂在餐厅两年。餐厅只有一个巨大的圆桌，直径有5米，墙面也很高，我原设想画一圈美女，与大圆桌正好相配在这个空间，很简单的两个圆，一个在地上，一个在墙上。后来，因为墙上有空调，只能允许177 cm高，660 cm长，于是有了这样的改动，马蒂斯那张画也算是我这张画的由头儿。

2010 年 4 月 7 日

今天下午 1：00，来了四个人，2：00 左右都到齐了。先画了画素描，等都到齐了，开始铺地开画。四个站立女孩是写生，跳舞的四个女孩先照了片子，陈韵上楼打印出来，就勾上画布，布局还行，等棚上画看看，也许要扩大跳舞的场面。

2010 年 4 月 11 日

这些天画完了两个人。晚上逛酒吧，特想把画涂成黑色背景，留一些蓝呀紫的什么点子。可是白天一到画前就又觉不成,涂成黑色，人物将全变，变成平面的色块。

2010 年 4 月 12 日

今天闫冰、孙研结婚。他们已在闫冰老家杏树湾办过了，今天在孙研家补办，为了女方亲戚。

我去了，作为证婚人，也作为男方家里人要讲几句，我讲到闫冰的家乡，讲到他家门上的“耕读第”，一个真正的农村孩子不仅实现了“耕读第”，还娶了个上海姑娘。我把自己感动得哽咽了。也不知将来的生活如何走向。

2010 年 4 月 15 日

知道昨天玉树地震了，马上电话惠玮，她是我画玉树天葬图的赞助人，没想到她已经到达玉树结古镇，她是知道地震后马上从北京直赴玉树的。她说我们画画曾居住的旅店已成平地，全镇瓦砾，夷为平地了，死伤无数，惨不忍睹。她也不知道住哪。和民政局的人挤在帐篷里吧，而且马上手机没电了。我让她发来民政局的账号，我能做的只能如此。

2010 年 4 月 16 日

今天我跑到中国银行，给玉树民政局电汇五万人民币，愿玉树结古镇能多补充点帐篷和药品。

我想马上去玉树，又怕给人添麻烦，我不是专业救援人员，去那只能给人添麻烦，算了吧，心中祈祷了。

2010 年 4 月 22 日

画完了，四个孤零零的女孩看着四个跳舞的女孩在她们中间，也是画面的正中间，我又画了两条哈巴狗，像抹布一样赖在那儿。这张画将挂在外滩源 33 号，这里就是“华人与狗不能入内”的前英国领事馆。

收拾干净，我走了，画留在那里。

观舞图，布上丙烯

观舞圖

童男童女

2010年3月1日

在四川地震形成的堰塞湖前请9位17—18岁女孩坐在三轮车上，以3 m×5 m的画布画下她们。预计今年5月完成。

在太湖绿藻最严重的地区请9位17—18岁男孩坐在船上，以3 m×5 m的画布画下他们。预计今年6、7月完成。

全程由杨波、小佟拍摄纪录片。另请王小帅拍摄电影《凝视》，他将用每盘4分钟的胶片拍摄上述两个景观。他会一共拍摄20个景观（全国范围内矿山、建筑工地、股票市场等），每个景观用尽4分钟的胶片，形成80分钟电影《凝视》。我的两幅绘画及小帅的电影将参加今年9、10月份的上海双年展。

一车少女在堰塞湖，一船少男在太湖，像童男童女飘在自然或人为的灾难面前，孤独。自救的希望寄托在自然的自我恢复能力上。在极尽美丽的景观背后蕴藏着无法逃避的危险。人类历史上或传说中，但凡遇见天灾人祸总是想到——“童男童女”。

2010 年 4 月 23 日

今天赴四川的画布已经做好，展开后是 3 m×4 m，为便于运输，折叠成 2 m×3 m。外箱 313 cm×213 cm×42 cm。小帅晚上回京，喝夜酒时我们将定何时出发北川。

2010 年 4 月 24 日

昨夜定下来，5 月 4 日我等到达成都。

今上午与成都公安局吴涛通过电话，其弟吴昊也通了话，5 月 4 日到成都，5 月 5 日一早赴北川。明天将把画画材料全部运往成都吴涛地址。

2010 年 4 月 26 日

前好多天《罗博报告》刘睿找我，邀我画王菲作为今年 9 月份杂志封面。

我没有马上应答，我在想如何画王菲呢，几天后我回电说我想好了，我想只画王菲的脸。

两天后，亚鹏、王菲及《罗博》主编等来到我工作室。亚鹏想让我以王菲及女儿为题材画给嫣然基金，并发来他拍的母女照片。照片很动人，可是绘画不是这样的。

今天他们沟通好了，同意我只画王菲的脸。王菲的脸很有内容，我想用两台摄像机，一台对着王菲的脸，另一台对着我的画，完成一部有趣的影像。

画完的画应该由第三方买下，送给嫣然基金。基金会与《罗博报告》组织晚会，拍卖此作品的租让权，拍卖下放映影像，也许做些限量版画等系列产品，为嫣然基金会获得更多的支持。

游戏应该是这样，让更多的人参与慈善，而不是我把我的作品直接送给基金会。这样才能维护更好更健康的艺术生态。

2010 年 5 月 4 日

五四青年节了，下午 2：00 登上飞成都的飞机。昨夜又没睡好，近来总是起床很早，七点多吧，不管几点睡，很早就醒了，再也睡不着，躺着真难耐。

又离家啦，一走又是个把月，在家睡不好，在外有时能睡好，因为旅馆的房间都很小很黑。

早晨醒来，忽然想着去北川画画是挺可怕的事，地震怎么办？能睡安稳觉吗？心中的空寂到哪儿都是一样的，身体的恐惧各有不同。我找出过去装水的铁箱子，放入两本书，一本是《塞尚书信集》，一本是颜长江的《三峡日志》。到了北川我把书放到床头，铁箱装满水，等待自救。

在机场我也给翁翁、小佟、杨波买了牛肉干，让他们到北川也备好水，放在床头。

塞尚的书信也许能让我知道过去的画家如何度过每一天，颜长江的《三峡日志》也许让我更具体了解今天的生活。

把每一天都排满就是度过每一天了吧。

我好想家，这个家好像既不是现在自己的家，也非父母的家，这个家是退回去的意思吧。小时候想家是一种胸怀大志的美丽的忍耐和期待，现在想家是真的无处可藏的空寂。

2010 年 5 月 5 日

到了成都，吴昊的人已经在机舱口等着，下舷梯通道专车，取行李，上宾利，直奔着周春芽画的香格里拉。吃晚饭，喝豪酒，吴厅长真能喝，好酒量。2：00回睡。早7：30起床，吃早饭，奔北川。沿途没什么，忽然就到了北川，有铁大门拉着，张局长带队，进北川。

地震使山体滑坡，山体裸露，远看像沸腾的黄河倾山而泄，近看都是巨大的滚石，压在路上，房子上。楼房有的下陷几层，有的歪斜着打断骨头连着筋。成千上万都在里面，整个北川小学几百人完全埋在山石中。只剩下一个篮球架子。老城已是废墟，几条狗在废墟中寻荡，主人是如何忍受临终前的几天？如果瞬间死去也就罢了，如果没有，而被整体楼房地陷下去，还有空间活着，但根本无法出来，别人也没有任何办法搬走上面的几层楼，这时这些狗主人如何度过呀？一片片大的废墟里面都是以千人计。两年了，这千万人的灵魂已经安静了吧，至少没有任何声响，使整个废墟的县城像人为的舞台布景，显得不太真实。

试着想象地震时的山崩地裂的声音是多么恐怖，四周是大山，沸腾的山石顷刻间吞食了这个县城。

原来我想画有水的北川，到了现场还是没水的县城远景可靠，近景太残忍，退远一点吧，让灵魂有更多的空间游荡。

在现场看到这些成山堆的水泥瓦砾，才知道地震真是无法救人，能活的都是幸运。北川将保留地震遗址。几十年后，死去的人也已不再使活的人心痛。活的人能从遗址中看到中国21世纪时期县城的建筑样式——瓷砖贴面的楼房，铝合金的门窗，不透明蓝色的玻璃，他们会牵挂为什么21世纪的中国人那么不喜欢透明的玻璃。

2010年5月6日

打开画布，我的天，太大了。

天暗下来了，静静地画这片废墟，下面有几千人，有只猫在里走来走去。

还是5月6号，今天事有点多，时间有点长。

中午前赶到现场，架子已经搭好，吃过午饭（是派出所送来的）铺围布，开始是蓝色的，在里没法画，立刻改成透明大棚塑料布。装画布的大箱子也运到了，傍晚打开是折叠的，才知太大了，不过相对眼前的震后的大山和废墟的城市也不为过。

晚上张局请吃，重庆七女子及她们的领队也到了。喝大了，老谢的助理和重庆的司机打起来了，回到旅馆在楼道里，司机打了助理耳光，又用墙边石头砸破自己的头，血在脸上，看他时，也抹到了我的身上。

老谢吐了，趴在床上。平息完此事，我在大堂仍见老谢助理躺在大堂沙发上与重庆领队辩理。见我又安静了。我与翁翁走出大堂，给杨波电话，没在服务区，又打，接了，停电了，他被困在电梯三楼。

我们仨走在雨中的乱街上。在街头烧烤借坐吃点，雨再下。

回来已深夜。隔壁老谢与人大叫别闹了。

真的别闹了，电影队伍总是这样麻烦多多吗？

2010年5月7日

真的开画了，中午前七女子到位，我画了速写。小帅、邬迪、吕东等大队人马也到了。她们去了旧城震区。

吃过午饭，开始上布，走进3 m×4 m的画布，真是太大了。运气半天，从一女子头部开始，左一笔右一笔，笔笔中锋，峰回路转，一团人画完了局部。小佟这两天，一直在乡下寻找拍摄对象，中午过来讲了曾见一女子在震中逃生经过，我说那就给她留个位置，画在这团人的远方，一个人像灵魂一样站在那儿。

画布完局。小帅他们回来了，找地点拍摄我和画及这团人。拍完下午后半截了。他们走了，去绵阳住一夜再回北京。临别说这是一件好作品。

我扎在北川，呆坐在画前。画棚还没盖完，工人仍在工作，我发呆及享受。

回到旅馆离吃晚饭时间还早，我挑选几张狗的照片，杨波去洗了，下午的那条野母狗是我见过的最古怪的，瘦得毛包骨了，皮都没了似的。野狗像豺，家狗像狗。工人吼它，当地人不高兴了，他们有爱心，他们更知道狗没有主人的痛苦吧。在电脑里看了翁翁拍的照片，他说我画画时的背影像豹子，很动物般的体态。我听着好舒服，说实话翁翁拍的我真是很棒，有立体感，以前我没注意自己头部或身体有那么强的立体感。

吃过饭，我和翁翁杨波沿县城河边散步，这里是安县，住有很多北川移民，离北川开车半小时，我们住在此地。没走累我已经走遍了半个县城，这里的人们也是悠然散步，有按摩、桑拿洗头房，也有边走边打手机的烦恼的人。活在哪儿都是只有一次人生，活在哪儿都有大肚子女人，幸福得横晃。一代又一代，只要活着。

2010 年 5 月 8 日

到现场，有团云，但是晴天。很晒。等过午饭，有些阴，开画。山上的绿难画，山上的石头也难画，我想画历历在目又很远的碎石。画多了往前蹿，画少了不够密度，画画要有密度，我好想用二十天画一张一米以内的画，反复画，画到密度。明年吧，明年有时间，不为别的，只为密度。

一吃到了下午 6：00，我不敢停下来，停下来会欣赏画过的所有东西，写生现场的痕迹都有道理，停下来欣赏了就会留下这些，留多了就缺密度了。所以我不停地画，上上下下，左左右右，反反复复就是不让自己欣赏自己。宁可没才气，也不要太潇洒。这是我现在和将来首要解决的问题。

画太大，梯子太笨重，每次搬动都很费劲儿。克服自己不怕麻烦，明天会更好。

中午一行人捧着鲜花走进废墟深处，那里有他们逝去的孩子。杨波去跟拍，翁翁也去了，墨镜后面的翁翁的眼睛流泪了。

2010 年 5 月 9 日

下小雨，一直不停，我从 11:00 到下午 6:00 也一直不停画着。环境画得差不多了，还可以再画画地面，空间再结结实实地推过去。

风景画出点抽搐的感觉。风景要当肖像画，肖像要当静物画，静物绝不能当风景画，静物是高境界，要淳厚。

国在山河破，穷山恶水靠雨浇。

“我们的小妈妈节日快乐。”“小妈妈想爸爸了。”

好久没有最近几天的幸福感了，每天 8：30 起床，9：30 出发，10：30 画画，12：00 吃派饭，1：00 又画直到 6：00 回城，晚 7：00 吃饭，8：30 喝翁翁的功夫茶，9：30 中医按摩，10：00 写点东西，11：00 上床看看塞尚看看颜长江，12：00 入睡。

家中无事，外边无扰，每天纯静入画，仅一件事，人生乃极乐。

2010 年 5 月 10 日

起个大早，赶上大太阳，没法画。翁翁一个人去了废墟，回来说太荒芜，听见楼里有音乐声。我们跟他又去，进去真的好可怕，满地的衣服，纸钱，有的门打不开，有的楼板直接掉下来，满地碎玻璃。傍晚画几笔，女孩晕了，没画好，刮了。换人吧。

2010 年 5 月 11 日

今天太好了，阴天，赶快画，一起画了两个女孩，还有时间，司机又去县城接了一个，画到 6：00，几乎画完。站不稳了，太累了。明天"5・12"，早晨 7：30 就得赶到北川，否则进不去，扫墓人一定很多。6：30 起床吧，真想累死在画架前，世界变得越来越不可爱，社会主义过来的人，既不喜欢现在的消费社会，又不喜欢过去的无人性。人与人的关系变化太大了。真是厌世又怕死。

我说昨天那个女孩怎么晕了呢，原来正如翁翁所料，她怀孕了，已经两个月，她男友是这次女孩们的组织者，是重庆三大组织之一，去重庆拍戏找演员都得经过他们。

无论如何，今天画得棒极了。

2010 年 5 月 12 日

"5・12"地震两周年。派出所说 8：00 以前必须赶到北川老城，否则进不去。6:00 多起床，赶到城门 7:30 过了。无数关卡，不让进，很多人，很多警察。正等派出所人来接，张局长的车来了，大吉普，大汉，双闪着带我们进关。

权力是春药，看着就舒服，习惯了就下不来。城内全是步行的人，我们到了现场，开始摆蜡烛，烧纸，进香，用白酒环祝四方遇难灵魂安息，最后燃响鞭炮。杨波、翁翁去主街人群里去了，我接着画画。远看主街，人山人海，我们这边安静极了，平时还有人来烧纸燃鞭，今天连马、狗都不见了。杨、翁午后回来说这边已被封锁，街上的人海几乎都是游客，熙熙攘攘谈笑手机不断，真正来祭拜的人很少。

下午 2 : 00，听说温家宝要来，我们的工人去挤热闹去了，回来说没看到，因为戒严把人都赶走了。前些天玉树地震，胡哥去了，倒是没赶人，而是全城按兵不动，全城车马和人都原地待命。画完收工出城已是傍晚，城门无数警察依旧，这个世界真是变了，自从有了“恐怖主义”，全世界政府都在视所有人为嫌疑人。

2010 年 5 月 13 日

昨夜失眠，能听见安静的声音。安静是一种透明的脆脆的声音。

2010 年 5 月 14 日

几乎画完六个女孩。明天再补画一天。站立的女孩改成小佟纪录片中的女孩，她来过现场，很好看，是北川姑娘，地震幸存者。她的同学与她正发短信的时候被埋了，她的亲人也有死伤。几乎每个北川人都有亲人死伤。

身体在失眠中慢慢好转，还是无力。牙又肿了，可能又是因为吃中药。上次北京中医院调理心肺，吃了汤药，牙肿。这次成都中医说调理肺火，吃了汤药，牙肿。都是著名中医，著名中医都说给中央领导看过病……

2010 年 5 月 15 日

画完了六个姑娘，其中一双光腿画了三天。

塞尚说得有理：写生时眼睛高度集中的过程，你会发现苹果、橘子或人物的高光顶着你的眼睛。只有现场，你的眼睛才能被顶着，照片是不可能的。要向自然学习。

2010 年 5 月 16 日

姑娘们都走了，叽叽喳喳的声音没有了。我开始画风景，如此大的画布面对自然真是奢侈呀。我认真研究每块石头每棵草的走向，每块灰颜色的推敲。画到中午忽然想起这些已走的姑娘们，忙电话让老谢替我给每个人一百小费。她们正好准备开车走了，都高兴地在电话里大叫想刘老师。好可爱的孩子们，昨晚我请她们吃饭、唱歌。怀孕的女孩也不在意，怎么劝都不走，一直在烟熏火燎的 K 歌房唱歌。风景画得真是有密度，青灰度。下午翁翁、杨波随工人们摩托去了堰塞湖，回来吓坏了。说路上之险不可再想，山路是震后推土机临时拖出来的软土路，随时好像都能滑下悬崖。山上的滑坡巨石也随时等待掉下来，难怪打前站的吕东、老谢他们再也不上去了，为这幅画有多少人付出劳动啊。

回县城的路上，我享受着车上的周杰伦，心中忧伤，想着下个月回老家画画的事情。年底我要在尤伦斯做大个展，回家画什么呢？我真不好意思在父老乡亲面前画画，画大画太招眼，画小画又无法布满展厅，时间短又怕展览的作品太水。今年的压力太大了。

晚饭在河边吃的，吃完顺河边散步，江水泛黄但川流不息，黑夜中看见一弯细细弯月，弯月上面是一颗闪亮的星星，恰如伊斯兰教的标志。云彩可以遮住这轮弯月，星星却照不到北川下面的尸骨。回家想画童年的麻雀，可是连儿时的游玩却已干涸。

侯导说童年是随时等待的召唤，我想童年也是自我幻化的天堂。

2010 年 5 月 17 日

小佟带来的北川女孩来了，立刻画她，鼓鼓脸，红粉粉的，是个小护士，很可爱，画得也生动极了。

一下午很快，很趁手，全画有了她，充满生机。

今晚小佟也归队了。他从第二天就开始深入北川，周边乡镇，拍了大量故事，相信他一定能拍出好东西，期待看他完成此纪录片！

今晚放松，大家斗地主！

2010 年 5 月 18 日

最后一天画画了，补补风景，调整一下，时间还多。远处的一匹小马到处犯骚，公马拴着，还是骑上去了，没成。另一匹公马追来，放马人不许，石头乱打，越打越来劲儿。公马甩着大屌狂追小母马，几个人追过去。公马被制服，小母马吃草，总是翘着尾巴，又来挑逗被拴着的小公马，每次靠近，小公马总是伸出大屌，就是进不去，向长空龇牙咧嘴。

画不下去了，装箱。他们装箱，我在调色板上画了这对小马。

下午 5：30，装箱完毕，很完美。周所长带我们上山羌寨吃酒，酒缠头。

2010 年 5 月 19 日

坐在现场，看着工人拆棚子，在这个坡上建的这个棚子是我画画的画室。每一次行动都有一个棚子，在空地上建，最后拆平还给空地，这真是最低碳的浪漫建筑啊。

明天我就离开这里啦，已经熟悉的每块石头再见了，带着满足和伤感。

吴涛派来的车接走了我的装画的大箱子。我们在拆完的工地上吃了最后一顿警察送来的午饭。

我们向北川遇难的灵魂们最后鞠躬送别，愿你们安息，但愿我们的到来没有打扰你们。

2010年5月23日

在明朗但已暗下来的傍晚，我读完《塞尚书信集》。

1906年10月23日周二，在塞尚的儿子与妻子赶回前，塞尚于艾克斯去世。

明天北川的画应该运到，我在昏暗的画室等着它。

2010年6月1日

《出北川》已在画室静待至今，也读完了颜长江的《三峡日志》。至此，北川项目从画画到读书全部完成。

女儿：

看到这封信时是你军训中期了，军训生活的新鲜感已经过去，剩下的将是辛苦和坚持。

平时你的功课多，很少与爸爸交谈，让爸爸看到最多的就是你伏桌作业时的小小薄薄的背影。我们很少有时间交谈，即使借买菜散步之机在一起，爸爸也总是迫不及待地背诵从小到大的“老三遍”：红宝宝，绿宝宝，谁是爸爸的好宝宝。梦见爸爸了吗？想爸爸吗？爸爸怕你的志气和你的作业压垮你，所以总是宠爱你，总是把你当成很小很小的小孩儿，总是希望你多多参加户外活动，总是为你参加军训这样的集体生活而高兴。

我知道你也喜欢集体生活，很小的时候你就参加种种夏令营游学，还有二十天的英国游学呢。去哪里都不重要，重要的是你有机会和同学们在一起，一起吃，一起住，一起体验生命成长。人出生时是一个人，随后就慢慢地和集体生活在一起了。在集体生活中我们能体会自己的价值，也能体会互帮互学给我们带来的快乐，学会与人相处是我们一生的大功课。与人相处的快乐法则是利益平分。

我们都是自我意识个性强烈的人，但绝不是自我封闭、自私自利的人。

与人相处不败的法则是宽厚待人。做到宽厚首要一条是我们能不能比别人更有耐力，耐力是一种坚持，是一种默默的积累，是一种谦逊的态度，绝不是自以为是的愚顽的执著。

人是利益的动物。如果我们能从积极的角度理解这句话的含义，我们就是理解了人不尽相同，每个人的利益不同，出发点不同，我们就能理解别人对我们的误解，理解别人的不同，才能做到宽厚待人，宽厚待己。

与人相处能够让我们换位思考，承受失败。我们的一生不是一个胜利接着一个胜利的一生。我们的一生是螺旋的一生，有时上升有时下降。上升时要给下降留点余地，下降时积蓄上升的力量。彻底失败时是逼着我们换位思考的好时机。面对失败才真正考验一个人的承受能力，承受了失败才能变得更加宽厚。

与人相处能够让我们看到别人的长处，使我们永保一份傲骨。我们默默地积累、学习，承担失败，换位思考，理解别人，这些不仅使我们变得宽厚，也能使我们内心拥有一份骄傲，这份骄傲是真正属于你的。前些天在爸爸工作室附近的小咖啡馆里，我们一起吃午饭，你坐在高高的吧凳上，我坐在平矮的椅子上。你说了一点点心事，我忽然明白你已经长大了，我们好像不必多说正事，玩笑间你已理解爸爸对你的期待。爸爸只期待你做个善待自己、宽厚待人的内心骄傲的人。

红宝宝，绿宝宝，谁是爸爸的好宝宝？这是一个撒娇的病句，谁都明白红绿宝宝都是你，爸爸只有一个宝宝，爸爸承受这个宝宝的一切喜悦和烦恼。

爸爸想你，爱你。

小东 2010 年 6 月 1 日

2010 年 6 月 5 日

下午起程赴无锡，本来想去无锡的太湖画水中的绿藻，一条小船七个少年在绿腻腻的湖中泛舟。制片谢主任先去了几天，电话说绿藻集中在 7、8 月份，现在没有。而且目前治理得挺好。那就这样吧，继续按日程走。就画没有绿藻的太湖也很好，绿藻治好，我也和湖边人们一样心安。

今晚入住，明早随老谢沿湖边寻看，确定他已探好的几个地点，从中择一，三天时间建一临时工作室，6 月 10 日正式开画。

女儿明天去军训，中午我给她剪发。离开她，我总是伤感，她倒高兴的，她和我一样喜欢集体生活。

2010 年 6 月 10 日

晚 7:00 又从北京飞抵无锡，小佟杨波和老谢助理尚辉早到一天。吃晚饭，回小旅馆，看见杨波拍的画画的棚子影像。真是个雷人的

出北川，300 cm × 400 cm，布面油画

入太湖，300 cm × 400 cm，布面油画

违章钉子户：太湖边，小渔村，唯一一个小码头，紧临水面一个硕大的塑料棚子在那。水上古船，水上有波，一片青色涟漪，好诗意，好超现实的失落味道。

明早 8：30 起程，9：00 人员到齐，13—17 岁的小男孩们将被固定在我的画布上。

2010 年 6 月 13 日

这两天画背景，一片白茫茫的湖水真是没办法画得更好，太大，画了两遍，累得虚脱，索性画上几只鹭鸶补上这个空间。

忽然水上漂来蓝藻，最刺目的绿色，赶快画下来，别的地方显得很无聊。

渔民们在周围各忙各的，我在棚内画画，很闷热，几次几乎昏倒。晚上有时喝大酒，有时看世界杯，也几乎昏倒，小腿肚子很无力。

2010 年 6 月 14 日

今天阴，小雨，时下时停。中午饭前下小雨，一阵阵绿涌来，赶快画了。中午仍然去渔民家吃饭，很地道的农家菜，吃完雨间隙赶快画人，小伙子粉红粉红的，还是惊艳的色彩，像个姑娘。

傍晚，船公送来刚刚打上来的河虾，还有小酒，喝着吃着。他们收拾东西，下午的工作完成了，很爽。

晚饭老宋的朋友另一个老宋请吃，先去他的院子，苏式园林。席间有钱先子，闲聊才知他和我家争过《采桑图》，他听说北京画油画的买去的，一直以为丹青买了，今天才知是我家里买的。真是很巧，他对此图赞不绝口，还特意买了保险箱，没想到被我们生手抢了。

2010 年 6 月 15 日

昨夜梦见我躺在哥哥身边，按着他的双手，我怕他太委屈而控制不住打我，因为在此前我好像打了他。但我相信他不会打我的，我把手自然下垂，捏住了一只手，比哥哥的大、厚，显然哥哥的手不会放在这儿。

我低头一看，原来是妈妈的手。她躺在我们床下瓷砖冰凉的地上，另一手抽着烟。爸爸说过近来妈妈睡不好，总是半夜抱着被子乱窜。

醒后心难过。

2010 年 6 月 16 日

今天又是大太阳天，画 13 岁的小男孩，画一会儿就得休息。助理们在船上打牌，我坐在风口里抽烟，闲着看看天看看地。老宋和葛总来了，带着红酒，船公煮了鲜虾，一派资产阶级景观。

2010 年 6 月 19 日

画画鸟试试，天湖之间的白鹭。天气太热，这两天，天天大太阳，满身长痱子，每画十分钟，浑身大汗。

2010 年 6 月 20 日

今天阴天，正好画鸟。痱子没消，抹满痱子粉。画了鸟，看上去还行，只是不敢肯定哪种光线的鸟更好画。明天再看看，明天差不多最后一天画画喽，该回拔了。

2010 年 6 月 21 日

今天大太阳，小帅他们来了，拍了渔民，在渔民家吃了午饭。本想再画画，太热，回北京再说吧。

金城小子

2010 年 6 月 28 日

后天，侯孝贤一队人马就从台湾来了，大后天我将带他们去东北我的老家看看情况。

我一直想回老家画些画，但总是越想越不敢回去，在父老乡亲面前画画真是件天大的害羞的事情。

小时候画过他们，他们也没把我当回事。今天不同了，有名儿了，我怕他们把我当回事。一当回事，我就很难为情了。

我不知该怎么处理这种关系。其实这么多年来，自从我 17 岁离开家乡，每次再回家探亲也总是小心翼翼的，只和过去一起玩过的小朋友们往来，现在这些朋友和我一样都是中老年了。这种情谊不深不浅，他们也从来不来北京打扰我的生活，只是回老家时和他们在一起。这种情谊使我经常有依赖的感觉，总觉得我在外面，如果挨欺负，他们，只有他们会义无反顾地帮我打架，但是现实的生活是谁都帮不上谁。可是这种情感一直在我梦里面。

父亲已经八十岁了，行动不便啦，我总想回到父母身边陪陪他们，可每次回去又无事可做，无聊寂静。

这次真的是鼓起勇气，回去画画，画画他们，借此多和他们在一起，多待待。过去的生活是回不去的，但几十年的情义还是美好的。

我想画画他们的脸，他们的皮肤，他们各自家族的样子。为我们活过的几十年留点证据。

阿城也会一起去，我更有点勇气和兴奋，这些都是看重长久情义的朋友，有了他们，我的脸皮就厚一点，厚一点画我过去和现在的情义。

2010 年 7 月 1 日

昨晚侯导他们五人到了北京。今早 7：00 我们乘坐大客车驶往金城。大客车太大了，能装三四十人，装着我们一行九人开往我的老家。以前每次回家都是自开小车，这次坐在大客车上看风景，好像不认识了，高速路显得很窄，我的金城小镇能装下这辆大客车吗？

大车下午 1：30 直接到了我家门口。老父还是那样见人就容易落泪。又急忙去树军小饭馆吃午饭，然后去小学看了哥家的新房，我们下次来画画时准备住这儿。

傍晚，仍然下雨，我们去 20 公里外的芦苇荡，这片长 100 公里宽 70 公里的漫无边际的芦苇就是造纸的原料。侯导喜欢这里。

晚饭在县里吃。我想画的兄弟们也都来了。吃完去郭强——也是我儿时练武的伙伴那里唱歌。他开了十多年的 KTV。胖了，黑了，像他的父亲。

2010 年 7 月 2 日

今天 9：00 开始游荡在金城各个角落。脑里想着昨天偶然走进了我出生的小平房，以前每次回家都是锁门，这次门开了。

里面住着一对小夫妻，女的还在睡觉。

进门，门改变，炕还在，地板的上面铺了一层地板革。炕上的帷幔还在，那是哥哥亲手做的，涂的蓝色、白色。炕与厨房间的小窗子还在，小时候每天都趴在这看妈妈做饭，闻菜香。我在这生活了二十多年，直到1990年才搬走。

厨房墙上的黑漆漆的油烟也都在。

厂里不让进，因为罢工了，怕我们是新闻媒体的人吧。后来厂长来了，请我们进了。空旷的工厂，无一人。

厂长说，年产10万吨以下的造纸厂都要关闭，我们厂年产15万吨。二十年前还是全国第四大造纸厂，现在紧临关闭。

在我儿时的记忆里，工人阶级永远有力量，制造业理直气壮地占据着各个地区主要街道。不知从哪天起，城市看不到制造业，看不到工人阶级，但城市的楼房却铺天盖地，走在街上的人都像游客，好像一个军团，作战部队没了，都变成后勤人员了。

在这方圆几里的工厂，看不到一个工人，空气中已没有了过去挤挤攘攘、争着洗澡、偷纸下班上班的工人。忽然，汽笛响起，像战争中的警报，汽笛长鸣，驱不散这死寂的空气，也唤不起睡午觉的工人阶级。

2010年7月25日

上午11:00离京，杨波来接我了。

左磨蹭右磨蹭，就不愿走，越来越不愿走了。

上路就睡了。睁开眼已快到山海关，树叶越来越大，越来越黑，风吹起来是一片片白花花的叶子的反面。接近东北了，树越来越浓密。

杨波说记得我说过一句话：童年我们共享一片蓝天，长大后各自有不同的天空。

离家多年，很少夏天回家。平时都是逢春节的大冬天才回。这次很好，能在家乡看到夏天如何过渡到秋天。

家还是那样子，老父老母、哥、嫂及其女儿潞潞，婿韩强。

晚饭在树军“晓望角”小馆吃的，旭子他们已等候多时了，小佟也从沈阳赶到了。东北菜，好吃。还说要吃小时候的鸟儿，狗肉。“瞎柳逼”（像柳叶一样大的鸟儿）最好吃。旭子说我三十年头一次回家待三个月，听到这儿我走神儿了，想起临来前和刘春喝酒，他知道我要回家画画很激动，说现在中国人都没有故乡啦，都变了，河流都干涸了。

是哈，我们记忆都喂狗了，没有东西可以证明我们曾活过。

我们的记忆被膨胀的发展吞食了。

2010 年 7 月 26 日

早晨被工地吵醒，我住在哥哥新买的房，还是一片工地。

上午去力五家，很乱可画。成子家像宾馆，先不画。旭子家，原生态，可画。午饭后去了南住宅，想在那儿画成子和吃饭场面，可行。又去铁道北，可在这完成《肋骨弯了》。大草沟及边上的干涸河沟都可画。

北住宅画《打卵儿》。

老郑来电说日本森美馆把我的个展定在 2011 年 1 月 5 号。马上致电 UCCA，说 11 月 17 日展《金城小子》展期直至明年 2 月，上海双年展 10 月 23 日开，展期 4 个月。看来今年的作品都不能去日本了，日本就展各个时期的集合作品吧。

2010 年 7 月 27 日

早晨 8 : 30，杨波叫醒我，从今天起每天早晨我们都将在中学操场踢足球。他们知道我睡眠不好，想用这种方式让我振作。

上午 10 : 30 开始画力五。《这个礼拜力五上夜班》。有点累，恶心了，去厕所，马桶边一个大盆泡着西瓜，真逗，还好刚刚能下脚。

2010 年 7 月 30 日

中午喝大凌河，白酒下肚，很舒服，和力五喝的，基本上画完了力五。从小我们都爱叫他力老头儿。我们上初中一起练武术，他是我们队练得最好的，功架到位，手脚利索。

后来上班去消防队，当了消防员。现在在苇场看大门。儿子去年娶了媳妇，像他说的，小时候多好玩，长大了就愁搞对象，搞着媳妇就愁养孩子过日子。

今天忽然很高兴，像 high 了一样，软软地躺在那儿享受着缓缓的喜悦。

走在路上经常一瞬间看到过去的人，一瞬间就记得他（她）是谁，他（她）是医生的家庭，他是教师的，或是南北东住宅的什么什么人，名字有的记得很清楚，有的叫不上来了，再看一眼就有些不认识了，也瞬间躲过他（她）们的目光，不愿打招呼，怕聊上就破坏了过去的青愣愣的样子，不愿看到今天臃肿的老脸和身体，或者说不愿看到被现实磨炼的现实的脸遮蔽过去的无知无畏。

2010 年 7 月 31 日

上午去画我出生的小平房。七八十年前日本人建造纸厂盖的工人住宅，像兵营一样一排排坡顶红砖平房，每排八户。

小时候每家只有一个很小的后院，前门没院，出门就是排房之间的街道，每次出门都能看到别人家的生活，也没有小偷。七六年唐山大地震，每家前门也就盖起了防震棚，从此再也没拆过，排房间的街道变窄了，再也过不了消防车了，每家前后各有一小院，出门也看不清别人家的生活了。

我家住在老字号后数第二趟房（第二排房）的中间这里。左边郝大妈，右边齐大爷。我在这里一直住到 1991 年。还记得八九年我带喻红回来就和父母、哥哥挤住在这个炕上。

七八年，我十五岁，画了许多水彩画，画的也是这里的厨房，盆盆罐罐什么的。

九一年后我家搬进了楼房，顺手就把这间平房还给公家了。从那以后二十年间我再也没进去过，每次回家总是有意路过此地，门总是锁着，地震棚也慢慢塌了。

这次总算运气，门没锁，新主人认识我哥，答应我可以在这儿画画。

走进厨房还是小时候水的味道，门上的插销还是老老的，很好使。炕上的幔子还是哥哥亲手做的，我记得帮他刷的天蓝色的油漆。炕与厨房间的小窗户足够我的小脑袋伸出去闻妈妈做菜的香味，总是催着妈妈快点，多加点肉，可是那时候哪有肉啊，有了也是熬油，肉变成肉梭子，煎出的油要吃一两个月。

我爱吃油梭子（油杂儿）。

新主人的妈妈半瘫，坐在炕上，女儿在护校上学，坐在炕上的被子上。

我画炕，画炕上的幔子，装戏匣子的小幔子，炕与厨房间的小窗子，还有边上的小小温度计，还有电闸，以及垂下来的电灯开关。

心情悠悠，下笔很慢，很怕惊扰这里的尘埃。

2010 年 8 月 1 日

继续画老平房。有点犹豫，应该再简单一点。

傍晚侯导一行七人到，四位住凌海，三位入住我哥家。晚饭在哥哥的饭馆吃东北菜，喝他们带来的金门高粱酒。议好明天一团人马去芦苇荡和大凌河入海口，那里也是芦苇荡。

侯导的新片《聂隐娘》的某些外景也许喜欢这片芦苇荡。

2010 年 8 月 2 日

早晨 9：00，一团人马三辆车直奔东郭芦苇荡，一望无际，进到深处，车不能行，人行，蚊子扑面，紧叮不放。中午绕道海边，错了路，仍然一望无际，是退潮后湿泥泥的沼泽盐碱地，远处似海市蜃楼。吃过农家饭，打听一路到了“红海滩”，又是一望无际，是大凌河入海口，有红色杂草在芦苇荡的另一处。

回到家已是 5：00，晚饭后将画郭强，在他开了很多年的卡拉 OK 里。郭强，我们最早一拨练武术，他的长项是长枪。

长大后，很少联络，胖了许多，开了许多年 OK，只有上次回来才去看看。在小地方经营霓虹灯闪烁的场所需要勇气胆量和闲言碎语，他过来了，黑了许多。晚上，吃过二地主请的饭，马上画郭强。在霓虹灯下画画真是好奇怪，也不知白天看会是什么色彩，但是画得爽极了，几乎一个半小时就吐完这口气，中间还激情唱了两首，真是解闷儿。

我边画，侯导他们边唱，真可爱的场面。

郭强的儿子知道我来，还特意从日本飞回，刚下飞机就来 OK 看我画画。他在日本上大学，学习经济法。他让我签名，我给他写上：

郭子威，我和你爸爸从小在一起玩，现在还能在一起玩，希望你也有情谊长久的朋友。

刘小东 2010.8.2

远观，把郭强画得有点像尹朝阳，唉，无所谓了，画出了中老年卡拉 OK 悠情就行了。我说："郭强好难画。"郭说："你从小就说我难画，我长得没特点，你小时候还画过我裸体呢，让我站在桌子上，晚上，我们溜进教室，你和耿家伟一起画的吧。"

我真不记得了，只记得那时郭强很瘦。

2010 年 8 月 3 日

昨天太兴奋，累了，早晨没起来踢球，上午 10：00 继续画老平房。慢慢的，有疲累，小姚用老 16 毫米摄影机拍着，哥哥趴在小后院的窗台上看我画画。

2010 年 8 月 4 日

上午又画半天力五。中午下大雨，街道成了河道，很快就不能开车了，准备了几箱方便面和水，将会连续下暴雨，说是要发大水。

2010 年 8 月 6 日

喻红带红孩儿来看我。我带她娘俩儿骑车去老家黑土坑。路上长满了二三米高的玉米，看不到远方，结果迷路了。以前都是冬天回来，能看见远方，能看见祖坟。夏天全被高粱玉米覆盖了。

2010 年 8 月 7 日

工人还在罢工，已经几个月了。工厂从九〇年国营转制就没有工人上养老保险，虽然每个月都从工人的工资里扣除养老金，但是保险公司一直没有收过这笔钱，现在工人下岗、退休，忽然发现养老金不见了。

工人阶级不干了。

前几天有些工人去维修机器，结果厂房塌顶了，砸伤了四名工人。这样，中层干部再没理由央求工人上班了，和他们一起在家待着，在街上晃着。

2010 年 8 月 8 日

昨天立秋，今天早晚就见凉了，穿短袖要感冒了。台湾小姚他们去县城买衣服去了。

上午去了小豆家，画具也抬过去了，中午觉得不对，应该拉出去画，家里干干净净没什么内容。于是在大街上晃，晃到粮站后面，过去这儿有条通往火车站的路，还在，墙角的护角是用大石块垒的，小时候爬上去很光荣，因为很高很难爬，现在看来就是一条腿搭上去系鞋带的高度，也许地面长高了，人也长高了。

这条路紧邻大车道，很少人走，荒凉，正好画《肋骨弯了》，旭子和力五可光膀子在此。

老胡家的房头还是画《打卵儿》，有鸭子、鸡和火车。成子可在“二独身”前画，过去这里住满了造纸厂的二流才子，现在门窗都用砖头封上了。二地主可在“小阁楼”前画，过去这里是日本官员驻地，正适合二地主官派身份。

老胡家房头一转身就可画兄弟们打牌，蹲坐在平房间的窄道儿里打牌喝酒。

2010 年 8 月 11 日

昨天下午有点发热，晚上陪厂长吃饭，想请他们同意小姚进厂拍摄。吃一半我支持不住了，回住处，发烧出大汗，夜 11：00 旭子联系医院，我去打吊针了，一打就是一宿，昏迷不醒。棉被和枕头都被我的汗湿透了。早晨醒来，手像在游泳池里泡了半天的样子，全是汗泡的。下午又打吊针，好了。这里的人都这样，感冒就是打吊针。

想着昨晚倒蛮幸福的，我住院打针的房子有三张床，我昏睡一张，另两张躺着陪我的旭子和哥哥。昏迷中经常听到他俩的鼾声，此起彼伏，居然还能在我快要滴完吊瓶换针的时候醒来，叫来护士，换一瓶药再滴，再昏睡。八八年大学集体宿舍生活结束以来，我就再也没有集体睡觉听鼾声的经验了。安静的个人的夜晚才能入睡，很难想象那么多鼾声怎么睡觉啊，小时候六口之家睡一大炕，怎么过来的呢？真是青春无敌，不堪回首，越活越娇气。

2010 年 8 月 12 日

今天感冒被四瓶吊针顶了回去，大病初愈，干点轻活儿。去树军家和他的小饭馆拍点照片，等我身体恢复后画他。

树军是我哥的同学，从小学到中学打架斗殴有一号，讲义气。后来我离开金城他也开始拜肖老师学习武术。当时金城还有一腕儿，学点通背，不服我们的少北，也不服树军，俩人互相看不上，就打起来了。肉搏之后，相约南树炕子再斗，结果俩人想一块去了，傍晚的南宅的树林中从两个方向走过来两个人，都穿着消防队的厚厚的雨衣，凑近三十米，各自抬起猎枪，当当两声枪响，对方被树军的散弹打瞎了一只眼睛，从此手不离一匹大狼狗，仍然牛逼不减，后来因强奸被毙了。树军进了监狱，三四年的狱中生活，出来后很谢我，说是因为我经常给他写信，狱警对他另眼相看，因为信封上写的都是中央美院。

那时我在美院读书。如今，树军五十一岁老年得子，整天抱着大胖小子。

2010 年 8 月 13 日

以为身体还行，上午拿块小画布去画树军，没有小画架，只好用左手托小画布，厨房很热，一会儿就虚汗淋漓，又有低烧难受的感觉了，仍然坚持画了树军和他心爱的大胖儿子。中午吃饭，说起他满身的枪沙至今还没有取出，乘飞机肯定过不了安全门，他说当年过监狱的安全门就嘀嘀响的。

晚上，身体有点恢复，和七八个要画的哥们儿去了郭强 KTV，小姚要拍摄我们唱歌。加上其他男女，我们一屋子人，喝白酒，唱老掉牙的歌。力五、成子喝吐了。

2010 年 8 月 15 日

画完树军，下午五点多去铁道爬道，拍片。火车、蜻蜓、杂草，还有造纸厂的烟囱。沿着铁路杂草向西走，是大凌河铁路桥。路边有一水坑，小时候在这游泳。桥头有部队把守，过去是军人，我们小朋友还去慰问呢，现在是武警。铁路桥不让拍照，显得森严。铁路以北是大坝，坝下有羊，很大的羊，一群。

傍晚的光照在这里，真美，心情太好。

2010 年 8 月 16 日

凌晨一点多，小姚得女儿，比预想提前半个月吧，他媳妇真行，一个人在台北，去医院生孩子。我也曾画过她，佩怡。

晚饭为小姚喝大酒。

2010 年 8 月 17 日

昨晚喝多了，也没睡好。上午画旭子，在他家，他媳妇在一边绣花，是一幅秋天美景，她说这是女儿的嫁妆，至少要绣十个月。

中午回来软软地躺在沙发上，累得很舒服，就像旭子说的，人最舒服的时候就是打着点滴，大病初愈，昏睡中病房的身边有几个朋友围着闲聊，听着他们闲聊，感受药液在体内流动，舒服极了。

下午又去画，决定画脸，怕身体支不住，但画一会就来劲了，越画越好，即使房间拥挤，到处反光，很难观察，但是这是一张超越我自己的作品。心中大爽。

旭子很早就下岗了，我也不知道到底是他不愿干了，还是工厂不让他干了。几年前，他带女儿去保定，我那时正好从金城开车回北京，一路带他父女俩。他说能不能带他闯闯世界，干啥都行。我知道他的世道已经闯了很多了，说起当年打了杜冷丁感觉满大地种的都是逼，真是有多好就有多好。旭子天生聪明，无论在哪儿，他都能凭自己找到我约好的地点。

〇七年我带他去青海画了《青藏铁路》和《天葬》，〇八年我带他去了甘肃画了《易马图》，还去意大利画了《吃完了再说》和《上火》，他鲁莽心细，到任何地方都没有陌生感，深得大家喜欢。只是酒大了会犯劲儿。

我不出去画画时，他就待在我的工作室，没有电视，只有录像机和收音机，他一个人活在那儿，久了，我觉着不行，一个天性烈犬被圈养就废了。

去年他回到了金城。

这次侯孝贤来，看他拿着我相机随时拍照，就说应该给他个相机，他将是最牛逼的蓝领摄影师。

后天杨波来将会带来喻红用的相机，给旭子，让他乱拍呗，二十年后也许能拍出金城的生老病死，我只对他说，照相机就是你的眼皮，只要眨着就是好的。二十年后再看你，旭子。

2010 年 8 月 19 日

早起 8：00，和往常一样，踢球，踢大场了，很跑，很喘很好玩。天阴，渐下小雨，不知道今天该画什么。吃早饭，说着说着就去画肖老师吧。他在三台子派出所当警察，三台子离金城二十多公里，小镇。

找到了派出所，是个新鲜的小院，二层楼，肖老师已经等着我们了。带我每个屋子转转，都是崭新的墙壁和桌椅。外面的风景倒不错，远远土坡、树和庄稼地。

外面又下起了雨，只能选择车库里画，在车库边上还能画点风景。

以前我回老家曾经在肖老师家玩过他的佩枪，64 手枪，即使眼看着没子弹也像《猎鹿人》一样恐怖。

我想画他坐在车库，面前一把小椅子，上面放着他的枪和一杯茶。所长走过来说不行，枪不能这样放着，有军纪，必须不离身，而且服装也要整齐。

是哈，别因为画画给人添麻烦，就正正经经坐在这儿吧，枪在腰间，远处是院门隔着的内外风景。院内是血红的地砖，院外是平静的庄稼地和两棵小树。

我上初一，十四岁就开始受肖老师训练，学习武术，我学得很来劲儿，也算是主力队员了，曾在运动会、俱乐部等地表演，后来学点散打和摔跤，要不是弃武学画，也许能成为李连杰，他与我同岁，我老觉着我有那样的可能。

肖老师的师傅张老师是少林北派的东北传人，我没见过他，但他一直是我的神话。

1987 年肖老师离开中学，去锦州武警总队教授柔道、散打、摔跤，从此步入警门，至今仍然是警察，两年后可能退休。

下午刑警队长——会画画，鲁美毕业——来看我。说起张达被通缉了，张达也是鲁美毕业的，前几年在北京办博览会，我们见过，说他可能跑印度去了。被通缉是怎么样的心路历程啊。他还说局里正在押一个中央美院毕业生，一个鲁美的，央美的是诈骗，鲁美的是小偷。

后来镇长也来了，提起镇长两字总能让我想起《百年孤独》，百年孤独的家庭注定要消失在这个地球上。

傍晚，雨中道别，穿警服的是肖老师，便衣是所长、警长和镇长。

2010 年 8 月 21 日

昨天小帅从北京来看我。下午 3：00 我们到达笔架山海边，3：30 他从高速下来直接来这儿会合。

小姚、铁南、肖儿和三个摄影助理，小佟、旭子、韩强、小胖和我哥，加上我一共十二人，小帅和尚辉，我们一共十四人，在沙滩上踢球、跳远、跑接力，在海里排球。

晚饭在二地主海边的房子里吃，他媳妇和女儿给我们煮了许多大螃蟹和其他大量海货。

人太多，我们在地上铺上塑料布，席地喝酒。二地主的房子平时不住，很空，在空荡荡的房子中间地上一片吃喝狼藉，甚为好看。

今天下雨，没法儿画画，静静地看着雨滴在地上的水面上。

2010 年 8 月 22 日

早晨下雨，已经连续三天雨了。仰望天空，有些透亮了，东边的云见薄。吃过早饭，路面水坑的雨点儿见小，马上去画吧。

在铁路边，粮库墙外的小路，我在这儿画《肋骨弯了》。这条路很怪，从小我就怕它，因为很少有人走这条路，虽然这条路紧邻铁路，按说人们去火车站必经此路，可是人们宁可上坡走火车道也不走这里。

画具用卡车搬来，还有小雨，我仰天举手，弯腰叩头，求老天爷开恩。

老天爷真是爱我，雨停了。开画！雨后天太冷，我让力五喝点酒，他和旭子光着膀子，我开始画了，一口气画了风景，再口气画力五看着手中的 X 光片。

两个人在路边看 X 光片的景象太逗了，这是我几个月前在北京看到的，那天我从炎黄艺术馆参加完活动出来大约下午 3：30，当晚约好岳父岳母家人在接近北五环的学院路上的一个饭馆吃晚饭，我想我有得是时间，可以走过去，于是步行。走了两个小时到了二里庄的河边，沿河边走，静静的，没人。快到头的时候，看见两个老头在看什么，我凑过去，原来在看 X 光片，很是有趣，在被喧闹的城市忘记的臭水沟边上，两个老人在研究自己的身体。被遗忘的气息。

我把他们换成了旭子和力五。

只要我们常常步行，就会发现生活中很多奇妙的事情。

2010 年 8 月 23 日

傍晚画完《肋骨弯了》。一出门，老爸坐在路边，他知道我在这儿画画，老是一个人远远地坐在路边。我带他去走走，走到东湖公园，过去的东大坑，现在的臭水坑，金城的废水都在这儿堆着。

公园有门，有树，有更多的杂草，一人来高的杂草间有一台子，台子上面有一架真正的战斗机，是空军部队送给造纸厂的礼物，当年作为公园的一景。

现在飞机已破，听说被几个孩子放火烧的，他们想要飞机里的铜，弄不下来，就一把火给烧了。

杂草丛生，臭水漫天的公园被董老大承包了，他在里面养鸡，养狗，还准备养猪。董老大与我同岁，过去因打架用刀插死一人，跑了，抓了，判了十五年，好像十年就出来了，在狱中前胸后背文了一条大龙，龙头在肩龙尾甩在身后。

我忽然好想画这些哥们儿在飞机前打牌，飞机边上有鸡、狗、猪，还有菜地，种的白菜、胡萝卜。

老爸先回了，八十岁了，脑血栓，走路很慢，还和路边的老人们打着招呼。

我老了也会是这样的。

天渐暗，夕阳彩霞满天，走累了的我在马三烤食店喝了瓶啤酒，吃了点蛤子。

2010 年 8 月 24 日

忽有想法儿，应该将这些兄弟的早年照片找出来看看，看看时间在每个人身上的变化。于是我回家翻看老照片。

又看到了爸爸早年的一张照片。这是他出差在海边的照片，爸爸披着大衣看着远方，身后的不远处有一挥手的女士。我很小的时候看到这张照片就觉得怪怪的，莫名其妙，前者在摆拍，后者偶然闯入，使这张照片完全不同于其他六十年代的照片，好像有更多的信息发生在这张小小照片上，从此我很有质感地理解电影里的所谓长镜头的含义。

绘画比电影早，应该更知道这个道理，所有的含义都发生在纵深的空间中。这就是为什么我们往往被空间处理很妙的绘画所吸引。

2010 年 8 月 26 日

这两天画韩生子，大个，满嘴龅牙，好玩儿。我把他画在北住宅原北商店废墟上。这里原来是商店，后来变成糕点厂，再后来是冰棍厂，后院有一个日伪时期的炮楼。近两年要开发房地产，把这里平了，因为离火车道太近，不让盖楼，于是烂尾至今。几年前韩生子曾想买下这块商店和炮楼，出价两万四千元，不知为何没买下，现在买不起了。

韩生子头脑灵活，有点钱，经常跑北京卖纸，还在京郊天竺附近盖了大厂房进了很多设备，要经营印刷厂。有了大院子，那么多的空地，金城小子忍不住要种地养鸡，养猪。玉米熟了，杂草也疯了，于是放火烧荒，于是千米厂房也着了，火光冲天，韩生子抱头蹲在那儿，等他站起来，大火已把厂房夷为废墟。

2010 年 8 月 28 日

原计划在二独身旁边画成子，前两天去大凌河边，看这里的风景不错，原来的铁路桥拆了，剩下是桥墩子，原来的河床里满满的水，剩下是一条小溪。大坝边上有树林，有坟包，有庄稼，过去河水淌过的地方现在都是玉米高粱。决定在这里画成子。

老天爷老天奶对我不薄，阴天无雨，正适合画这里，有时刚下几滴，我就拜天拜地，停了。

今天画完收工，雨倾盆而下。

没想到陈文波来了，他随队伍去锦州踢球，昨天傍晚把他接来，他指着我画的地方说这就是金城巴比松啊。

波波见面就喊加油，我们互吹牛逼，开心要命。早晨我又组织二十人队伍在学校踢球，我队惨败，波波中场。

郑林、杨洋也来了。下午他们三人回京，我仍画着，直到 4：00 收工，到了父母家，雨倾盆而下。

2010 年 8 月 30 日

我基本上画完十一张 150 cm × 140 cm 的画，还有四张 33 cm × 38 cm 小画。

第一场战役基本结束，从 7 月 25 日到 8 月 30 日，除了躺在医院一天，我几乎没有休息，每天八小时，画到现在。

每天是这样度过的：

早 8：00 起床，哥们儿们已经在中学操场等我踢球。

上午 9：30 集体吃早饭，在我哥开的饭馆里，我们请了一位大嫂做饭，一手地道的东北家常菜，能吃出小时候的味道。

上午 10：00 开始画画。

中午 1：00 集体吃午饭。

因为不得不早醒，我想有在小城镇、小县城生活的人都会司空见惯的是，每天一大早，太阳出山就会有各种人声出来，有收破烂儿的，有卖豆腐的，有收旧电器的。就像郭强讲的，有一次他被一种声音吵醒，是不停顿的擦油烟机的叫卖声，他下楼发现是一个小喇叭挂在墙头，他一气之下给关了，才发现五十米外一个围观下棋的人走过来问他为什么关他的喇叭，"我操你妈，再听这声儿我就整死你！"气死了的郭强无能为力，因为还有卖咸菜、卖驴肉的叫卖声，这些声音已经都变成了喇叭，都现代化了，真人都在一边玩着呢。

午间小睡后，下午 2:30 又开始画画。晚 7:00 集体吃晚饭，喝酒，庆祝一天的胜利。没喝大，还要半夜吃烤食，再喝。

夜 12：00 睡觉，睡好睡不好第二天早晨 8：00 都得起床踢足球。

我们十多人天天如此，天天在一起。

我不得不回北京了。9 月 11 日我在纽约 Mary Boone 画廊的个展开幕，我借此机会扔开画笔，好好偷懒半个月，恢复对绘画的兴趣。

明天回京，9 月 18 日再回金城，再画。金城小子们盼我早回来，他们会想我，我也想他们。一起工作，一起喝酒是人生大乐趣，也是集体生活的超级魅力。

2010 年 9 月 18 日

九一八，我又驶回金城。一路小雨，修路。过了山海关，树叶渐落，山坡的绿稳重下来。秋天就在我离开的这半个月改变了这里的色彩。

这半个月我换了时空，在纽约。纽约看上去从去年的低迷中醒了过来，就像我对 Mary Boone 的 Tom 说的：纽约的经济危机好转了，因为街上走的瘦人多了，有钱人瘦子偏多。我也从金城紧张的画画舒缓许多，刚到纽约的几个晚上我做梦仍然是在金城，白天在布上画画，晚上做梦在墙上画画，累得我除了画画，看不见天日，直想撞墙。

看着车外的风景，我迷迷糊糊睡了，时差又来了。等我醒来，已快到老家，雨过天晴，晴空万里，真是好运气。

下了高速，直奔现场，哥哥他们几乎搭好了棚子，经他改造，这个棚子比以前我在其他地方画画的棚子简便许多。看来明天画画没问题了。马上赶到妈妈家，给观音上了三炷香，感谢上天总是保佑我。

小姚、铁南等台湾剧组七人也到了。明天媒体各路人马九人来，后天 UCCA 馆长及郭晓彦等八人到。

明早 8：00 开箱展平画布。中午参加我老姨儿子的婚礼，老姨是聋哑人，儿子也是，儿子要的媳妇也是，这个婚礼应该是无声的吧。

下午开始画我的八位兄弟姐妹。

从想画的大飞机左转，是个游泳池，边上种的白菜、地瓜、茄子、葫芦什么的，水里长满了草，是污水，看园子的人买了二十元的鱼苗，现在鱼也长大了，还在里翻腾呢。

2010 年 9 月 19 日

观看和被观看的这段时间就是艺术！我画画观看被画的人和物，同时摄影机观看我和其他。于是这段被记载的时间就是艺术。

中午去了县里参加老姨的儿子婚礼。聋哑人的婚礼是有声的，有一半是能说话的，主持人更能说，当说到聋哑人和我们一样深深相爱，只是爱在无声的世界时我都……唉，越老越酸情。不过聋哑媳妇用嗓子喊出类似爸爸妈妈的声音时真是动人。

下午回来开始画八个兄弟姐妹，在大飞机前，阳光直射真是英姿飒爽。

2010 年 9 月 21 日

昨天热闹，《时尚先生》、《虹》、SURFACE 媒体八九人拍照。早 7 : 30 大坝“金城巴比松”拍照，回来路上，车陷坑里。吃过早饭又在东湖公园前摆拍。午饭前晓彦、费婷到。午饭后去现场画画，阴天，只勾勒了三只鸡。傍晚 UCCA 馆长一行五六人也到。

晚饭四桌三十六人，吃过直赴郭强 OK 厅。大家狂欢，馆长等人与我在小厅访谈。

回家已是半夜，一口气睡到早晨 9 : 00，很久没能力睡懒觉了。总是很早就醒，这回应该好转了。

天依然阴沉，大画无法进行，看来今天只能另画一张小画啦。

2010 年 9 月 24 日

这两天有点乱。上回书写到画一张小画，画的是废弃的游泳池。池中长满了芦苇，可以直接送厂里造纸了。正画间，Jeff 来了，这个美国人第一次来金城，金城也是第一次看见美国人。

晚饭喝啤酒，第二天早晨 Jeff 又来我住处小聊一会儿，走了，回北京。

傍晚杨波、韩强开车，我也回北京，为了第二天下午与亚历山大·孟潞访谈，她要为《金城小子》写文章，我们谈到全球化，谈到现实主义的内部变革。问到我最大的挑战的是什么，我说挑战是，别人仅仅把我当成具象画家，其实，在我写生的过程中有日记，有电影，它们和绘画一样都是艺术痕迹，只是我选择具象绘画是因为它更有力量。艺术是有限制的，在这段被限制的时间内，一切皆为艺术。只有观看与被观看才形成有效的艺术。

艺术的目的性越小它的内含就越大。这就是为什么王式廓的速写比他的《血衣》更好。他的速写仅以他的《血衣》为目的，而《血衣》有更大的目的。我仅仅把速写变大，使这个过程变为艺术。

全球化就是全球金融一体化，势不可当，它让许多地区的艺术形式沦为旅游商品。全球化使艺术家变成企业家。如果没有强大的个人创造力，中国画就会沦为旅游商品，油画也一样。

半夜，我返回了金城。早晨跑了一圈，中午吃饺子，下午又画大飞机，就像 Jeff 说的“金城飞机场”。

对了，上午还试着画了两张版画。有点累，但内心充实，高兴。

2010 年 9 月 26 日

这两天太阳好,忙着画“金城飞机场”里的成子和小豆。还不错，被画的对象牵着我一直画下去。每天中午到现场，抬头就画，不要多想，一笔一笔画下去就好。

休息时抬头看见那葫芦长大了，原来刚画时就在眼前，一寸大，现在有三寸大小了。毛毛的，吊在那儿，马蜂窝被人打掉了，原来这上面还有一个马蜂窝呢。

画完晚饭后又去父母家。老父母一个躺着，一个坐着，电视里是六七十年代的事儿，我也看进去了。妈妈说这和“文革”一样一样的，那时你才四岁，我抱着你到处看批斗打人的，你都吓死了，还有自杀的呢。

我什么也不记得，倒记起前几天杰罗姆一队人来，我带他们看望老父母，老父母正在吃饭，一碗豆角炖肉，两半碗饭，半杯白酒，空空的屋子，老两口坐在一角，安静无声，小狗“欢欢”卧在一边的沙发上看电视。

快10:00了，爸爸已经躺在里屋睡了，妈妈也睡在外屋的沙发上。我出了家门，月亮高悬，金城有雾，昏暗的街道一两个闲人吃烧烤。

我老了也会那样子吧，在屋子的一角，安静地吃着简单的事物，半杯白酒。

2010年9月28日

作曲家林强从台湾飞到沈阳，赶到我们这儿住店的时候发现钱包不见了，里面有钱和护照。

今早肖老师和另一警察带他奔往沈阳机场。很幸运，找到了，钱没了，护照在。

看着他清秀的样子，作曲家总是透出干净的样子，我总是搞不懂音乐从哪里来。音乐很抽象。

不知道金城的质感能给他什么样的音乐。

2010年9月30日

阳光依然刺目，早8：00中学操场列队，学生运动会开始了。

我上学的时候，学生很多，围着整个操场都是人，现在少，只在操场两边有人。穿着校服，一群一样的孩子。广播还是一样，一会儿请八年一班某某上台领奖！初三还被叫着八年级。跳高是薄薄的垫子，没有背跃，只是简易跨栏式。枪声响前总是焦急等待起跑的学生。自行车送着各种检录、名次的单子，跑来跑去。跑在前面的孩子总是回头看后边的人，边上是加油加油的喊声。

中学时我在运动会上没什么成绩，只是到了大学才突然爆发，居然得了在京八大艺术院校的双料冠军：跳高（1.70米）、跳远（5.72米）。也许艺术院校学生都偏懒，体育差，显出我了。金城小子在艺术院校全能得名次。

2010年10月2日

今天下雨，歇工一天。每天一直画画，突然歇工，不知干什么好，看雨，盯着雨滴在水里。看《1Q84》，村上春树的，好看，像雨滴在地上，有轻柔的杀伤力。

晚上我们一帮人马去锦州看二人转，巨大的剧场，坐了多一半人。演员骂骂咧咧各有绝活，只是讨掌声大同小异，要么下跪要么磕头，他们还不罢休，东北的人性大都这样，我累着，你也别闲着。

不过边看戏边抽烟倒很奢侈，很久没有这样的生活了。

2010年10月3日

还下雨，画小画，去父母家。父亲坐着睡了，妈妈忙来忙去，下午躺在沙发上。画了，还不够深入。应该再沉一些。

傍晚画完了，吃着妈妈的饺子，和父亲喝半杯白酒。

晚上，打台球。小佟很有进步，除了韩强都敢叫板了。

2010年10月4日

晴空万里，雨过那个亮！

赶快画韩生子，憋了两天，画起来很痛快。画了他，也画了白菜地，提前完成。

大家拆画装箱，我和哥哥赶往西大坝，趁斜阳余晖，在“我的埃及”

金城飞机场，300 cm × 400 cm，布面油画

我的埃及，300 cm × 400 cm，布面油画

找景，这里是一大沙丘，有许多坟埋在此地，小时候这里大得就像埃及金字塔，我还想在里头刨出头骨什么的。这就是我心中的沙漠。现在沙漠上种上了花生，有一老男老女正在刨花生。他们很愿意我的工棚搭在他们的花生地里。

等我定好地点回来时，“金城飞机场”已收拾完毕，恢复原貌，拆下的工棚堆在车上，明天将重新建起，在“我的埃及”。

2010 年 10 月 5 日

早晨六七点，他们就起床了，吃过早饭，哥哥带他们去西大坝的“我的埃及”前面搭棚子去了。下午 3:00，我到时棚子已经建好，和周围环境非常协调，美极了。画布也绷好了。

我画了四个兄弟：树军、旭子、成子和力五。画前我去坟场走一圈儿，看到沙土里埋着一个骨头，我知道这应该是头骨。拿了锹，挖出来，是头骨，很沉，脑袋没进水，进的都是沙子。把他摆正，面朝西，把原来倒埋的头骨扶正，也应是功德吧。

我要画四个兄弟围着这个头骨。

2010 年 10 月 7 日

这两天有阳光，但风很大，只能在棚子里画。为防风把棚子吹倒，绑了许多绳子，我只从绳子的缝隙中看风景，远远地看着那个头骨。

前景的花生地没了，老夫妻天天收获花生，把眼花缭乱的花生地变成沙漠了，很平整，不好画。

看棚子的二喜子和老姨夫天天住在棚子里，周围都是坟，晚上也有风，喝上二锅头就不想女鬼的事儿了吧。

我给土地庙上了香烟，希望晚上平安无事，白天无风晴好。

2010 年 10 月 8 日

不画了，今天停业。

2010 年 10 月 10 日

今天结婚的人很多，说是十全十美。

哥哥他们早晨六点多就去赶场了，7：30 就有个亲戚的孩子的喜宴，因为婚宴太多，只能挑到最早 7：30 的宴席了，这一天大概从 7：30 一直到晚上都有婚庆吧。有婚事就有随礼，一般朋友一二百人民币，更近的亲戚朋友可能更多。

成子是老好人，隔两天不见他，就知道他又去随礼了。他一个工人一个月一千多块钱，随礼的份儿钱够吗？

画了一天，晚饭又猪头肉，太好吃，喝了酒，然后去打台球。一帮人晚 9：00 坐在我屋里，喝啤酒看“非诚勿扰”——江苏卫视的现场征婚节目，太逗人，一帮已婚未婚大男人挤在一起看征婚。节目太好玩了。

2010 年 10 月 11 日

气温急剧下降，阴云一层层清清楚楚叠进远方。偶尔太阳射出一条。

躺在爹妈家的沙发上，老爹坐在更远的沙发上打盹儿，老妈躺在里屋，“南无观世音菩萨”“南无地藏王菩萨”的童音从小小的盒子里传出，趴在我胸上的小狗“欢欢”也迷迷糊糊。迷迷糊糊望着窗外的层层叠云，我完全融化在这日常的祥和气场里。

2010年10月13日

说明文：

①《力五上夜班白天睡不着》

这是回金城画的第一张，有点紧张，不适应。力五家的窗户玻璃是蓝色的，透进来的光冷冷的怪怪的，看不清楚。画了好几天，改了好几次，累坏了。总算磕磕绊绊画完了，磕磕绊绊对于绘画来讲是好的，对于心情是不好的。

②《我的老家》

1992年搬住楼房，我就再也没进来过。这次来画，旧物奇迹般地都在。我小心翼翼用笔很慢，怕打扰这里的尘埃。

③《郭强在自己开的KTV里》

直接把画布拿到KTV来画，真是太有激情了。四周围，兄弟们该唱唱该跳跳，我很投入画画，没浪费颜色也没浪费擦笔纸，一口气就画完了，也就一个半小时，浑身大汗，还觉不够劲儿，画完大唱几首狂歌。

画画太土了，土得荒谬而神奇。

④《成子认错门了》

下完雨，我们去转南住宅，成子拿着雨伞指指点点，雨伞像武器，武器有方向，方向决定作品的含义。我想画出这些方向：街道是纵深的，人是竖的，雨伞是横的，陌生的家门是幽深的。

⑤《小豆在台球厅闲着》

小豆不会打台球。因为她家太规整，无从下脚画画。于是把她请到台球厅。台球厅有许多几何形，台球桌是长方的，自行车是两个圆，沙发及床都是很老实的形。小豆年纪轻轻就退休了，身材保持很好。

台球厅很难画，玻璃也是蓝色的，我就奇怪为什么那么多的人喜欢蓝玻璃，把好好的太阳隔开，像在阴间里生活，好像有许多见不得阳光的事情发生。如果不是对这里的各种物体荒谬的组合感兴趣，我早就跑了。

我打开半扇窗，透过这点光，我努力地完成了这张画。

⑥《树军和他的胖儿子》

树军出了监狱，干了点别的生意都没成，最后和他的新媳妇开了这家小饭馆，生意至今不错，维持一家老小也行了。我很喜欢画树军的样子，瘦瘦小小的，但心有定力。

厨房东西太多，不能一一画出，画出来也没意思，我就用乱糟糟的笔触示意它的混乱就可以了。背景有意思，主体就怎么画都有道理了。

2010年10月14日

预想今天画完《我的埃及》，有没填满的背景，有骷髅，还想把树军的脸转过去。

上午阳光很好，能看见远山，我的家是在辽西走廊，听起来很窄。实际上我们的肉眼看过去依然是一望无际，中国真的好大呀。中午吃过午饭急赴现场，忽然风起，沙土纷飞，我还是画了树军把头转过去，已经画好的脸总觉不对，应该转过去，看“我的埃及”。风太大，无法再画。赶紧封门，用土把塑料布埋上，但是风沙已经铺满了画面。

临时的画棚也已经有点裂了，几天的风沙吹歪了这个临时的怪物。我坐在风沙中，看着兄弟们抢救这个怪物，不知还能不能完成此画。

太阳西下，风渐停。匆匆取来骷髅，放在画前，画了，又匆匆

力五上夜班白天睡不着，
150 cm × 140 cm，布面油画

成子认错门了，
150 cm × 140 cm，布面油画

郭强在自己开的KTV里，
150 cm × 140 cm，布面油画

树军和他的胖儿子，
140 cm × 150 cm，布面油画

我的老家，
150 cm × 140 cm，布面油画

小豆在台球厅闲着，
150 cm × 140 cm，布面油画

送回原处，脸朝西，埋了，我从边上搬来大石块，立在埋处上侧，两手合十，打扰了，过去了的人。

兄弟们开始装箱、拆棚。天已完全黑暗，将擦笔纸和杂草点燃，照亮这片狼藉现场，捡起所有物件，哪怕一块砖头，全部拉走，明天搭建新的现场。

晚饭一顿大酒，二十来人，吹牛直接吹到翻脸，就差翻桌子。

天越来越冷，看看下一个棚子能不能经住东北的北风。

2010 年 10 月 16 日

上午在北宅老胡家房头搭工作室。阳光很好,兄弟们干活很漂亮，应该说工人阶级劳动的场面非常迷人。风很大，把塑料布刮向天空。工人阶级动作节俭，没有浪费，在房架的上下间移动，能利用上周围很多东西，在他们眼里，手上所有的东西都是有用的，可以因地制宜地派上用场。

下午一个超级违章建筑就屹立在老胡家门口了，半个月后将消失，我好喜欢它，真想把它带到北京展出，只怕人家当我是装置，我不能做装置艺术庸俗化的人吧。

其实在工人阶级眼里，装置类的东西就是他们平常生活用着或用过的东西。

傍晚收到《艺术界》，兄弟们看到自己被印刷真是乐屁了，郭强喊：操，你看把力五印那么大！哥哥说：这个小郭娟咋这么厉害呢，刚待两天就把造纸厂写出来了，我得给厂长一本去。

力五眼花了，根本看不清，就喝乐酒了。没想到兄弟们那么喜欢被印刷，等《时尚先生》把他们印在刘德华前面那不得出事儿呀，媒体们呀，多印点土哥们儿，他们会乐一辈子的。

2010 年 10 月 18 日

昨晚和侯孝贤、朱天文在铁北农家（旭子舅舅家）炕上为这个纪录片聊点话题，也许能串在片子里。

谈到在 KTV 里画画时我的兴奋，兄弟姐妹大唱大跳，我大汗淋漓专注调色画画，真是荒谬啊，画画太土了，土得荒谬而神奇。

2010 年 10 月 19 日

哥哥带我去县城和朋友吃饭，车到了饭店门口哥哥突然接个电话，声音是嫂子，听着大喊撞了，撞了。我以为撞人了。哥哥说画棚子被撞了。我以为不小心被什么车刮了,这时小佟也来电说了此事。等我赶回去，黑暗中已没有了画棚，一辆皮卡车完全推倒而且插在了这个被它推倒的棚子中心。我从边上钻进去，画已完全挤在一团，几个长长的大口子。毁了，彻底地毁了。

我去了公安局，一个喝了酒的人撞的，而且反复撞了几次。公安抓走了此人,脸上有刺青的喝酒的人,验血证明刺青男为醉酒驾车,拘留了十五天。

公安问我损失多少，如果损失五千以上就可判刑。我说要是两千万以上呢，他说那得七年到无期吧。

我选择的回答是零损失。

我该怎么回答呢?

如果我如实回答，他或许因此有牢狱之灾，失去自由。如果我不忍因此使他失去自由，那么是不是怂恿了这个人继续胡作非为?

我能怎么回答呢?

社会转型，人心不静，仇恨日增。

我不知道这个人为何如此愤怒，他老婆拉不住，即使边上的人喊着这是你亲戚的棚子也仍然没有挡住他用车反复几次撞毁画棚的力量。我不认识他，他不认识我，更不知艺术为何物。但愿他仅仅因为喝醉，仅仅是一个醉酒者的胡来。

看着伴我多日的棚子和画作被如此碾碎，一片狼藉，看着兄弟们连夜在雨雪中收拾这片残局，我很痛，很窝火。

我不知道该说什么，我也不知道从哪一天起我学会了知识分子的一个不好特征：自我安慰，只能改变自己。

没想到，我的“金城小子”以这样的方式提前 over 了。

2010 年 10 月 20 日

昨夜兄弟们收拾了残局，一场雨雪覆盖了这里，干干净净，像什么也不曾发生。我站在这个画棚的原址，想着这个棚子最辉煌的那天，那天侯导在，朱天文也在，姚宏易在，铁南、萧等台湾团队在，我的八个兄弟姐妹都在，我们在这儿画，在这儿拍，在这儿聊天玩。侯导团队的敬业和谦逊让接触过他们的金城小子们知道了这个世界还有另一种文明，金城野小子们的天性也让侯导兄弟们喜欢另一种温暖。

2010 年 10 月 21 日

我的“金城小子”该收场了。

回家连续经历了夏、秋、冬三个季节，这是离家三十年仅有的一次，这一次我留下了我与金城真正有关联的证据：我描画了我的兄弟姐妹，他们生在这儿，长在这儿，不曾离开，在这儿上学、上班、下班、结婚、生子、下岗退休。他们的存在使我心安，使我不是一个完全没有故乡的城里人。

这一次也与老爹老妈共度了许多慵懒的傍晚，看到了老之将至我自己的样子。

八人传

肖老师（肖福臣）：武行之人却有文人像，长相不狠下手狠。举止言谈文气正统，尚有害羞之心。做事麻利武松之风。肖老师年近六十，娶妻生女很早，相貌却一直年轻帅气，可见其单打独斗之气恒远。

韩生子（韩俊生）：口若悬河却善解人意。滔滔不绝的闲扯笑话中察言观色，能使与他交往的人备感舒服。

韩生子是民间智慧与狡猾的标本。这个标本毫无恶意，给别人的都是乐子。

旭子（张旭）：早早下岗，更像被开除的。游手不好闲，好动；自由不自在，好走。喜欢指挥别人但好自己表率动手。

像个艺术家但没有艺术家的环境，却比艺术家更有民间智慧。

旭子与任何种类的人打交道皆得其法，游刃有余，招人喜爱。

成子（张纪成）：成子在家为家做事，在外为朋友做事，在工厂为企业做事。即使走在路上，也是随礼的途中。

做完事总是躲在后面。

成子没有自己。

但是有了成子我们才知道什么叫做厚道。

郭强：喜欢新鲜事物，好独立，走高端路线，不与人过深交往。郭强是小地方的城里人，喜欢时尚，与城市和先进文化在一起。身在黑道边缘，心在严格律己，有管理企业的天性，身经百战，在小世界大社会的历练中百毒不侵，已然是当地 KTV 之王。

力五（黎维忠）：人称力老头儿。身体永远年轻矫健，头脑却像老人，看见空地就想种粮食，看见粮食就想捡回家。有了力五，我们就不会忘记贫穷对一个人的心理和行为的长远影响。贫穷使人不会忘记最基本生活资源的重要和对失去它的恐慌。

小豆（刘治新）：小豆年纪不小，身材姣好。与她的长相相比很难让人相信她早已退休在家。小豆心软善良，生活简单，喜好时髦。为人妻为人母却是单身姑娘之心态。纵使向往城市好野之心，却兼备民间自足知足之乐。

树军（杨树军）：其貌不扬，义气至上。

有成就大事之气，身边却总是小事缠身；面有虎落平阳之委屈，心有定力。树军虽有刘备、宋江之偶像，却无前人之机遇。颠簸坎坷半生，老年得子像老天爷对他的美好的回报和愧疚。

金城故事

2011 年 5 月 10 日

自从《金城小子》去年 10 月底结束，就再也没出京画画了。这次约好小佟，他从沈阳来北京，我们一起出发直奔朝阳建平，我来过这里几次，想画那山上的基督教堂里的善男信女们。

一路风景扑面，越走越像恐龙时代的山貌，那时这里是海边，天上有飞龙，地上有走龙，没有人，多么令人向往。

从北京走承德，再到建平，越走越多的山洞，新修的，路好，山洞好。

到了建平，依然是小佟朋友赵国华接我俩，住店——建平国际大酒店。

新装修的刺鼻味几年还没散尽，吃饭——大煎饼、猪头肉。洗澡——一排水龙头。

休息大厅有表演，二人转团队。有人用眼睛吊水桶，用牙咬住暖瓶加热器让观众在上面点烟。演毕说起家事：从小没爹，最大愿望让妈妈过上好日子，让妹妹上大学，如今他做到了，是个爷们儿了。座下一片掌声，用塑料做成三片的“鼓掌器”。

两个老实人，150 cm × 140 cm，布面油画

回到酒店，房间很大，月亮西缀在窗边，如钩。

2011 年 5 月 11 日

中午出门，有沙尘。去辽代大古塔，那里有集市。集市近尾声，仍有许多人，在成堆成堆的塑料袋中奔走闲闹，古塔屹立在沙尘卷起的塑料袋和香灰之中，真是沙尘卷起千层雪，都是红白相间塑料袋。古塔座在辽都中京城外，城墙只剩下连绵的土堆。古代一定很壮观，按现在想那么大的辽国，首都也太小了点。如何镇压远在外蒙、俄国的不同政见者呢？

回来遇一美景。沙尘的树林中，几只野鸡闲步其中，一只公的，亭亭伫立，三只母的闲庭漫步。再走，远处又见几只。

2011 年 5 月 12 日

昨夜半突然停电，窗外县城和窗内房间一样漆黑。忘记用手机照明，竟用打火机啪啪啪了，夜 2：00 啪的一声来电，人惊醒了。迷迷糊糊早饭了，吃过直奔那座山上的基督教堂，那块叫张家营子。秃山冈上用八百块钱慢慢盖起来的教堂，孤零零的很有耶稣的意境。主人曾在黑龙江小煤矿做瓦斯、撤木工人，九死一生，都有主的保佑。五十三岁，和老伴守在这儿。小火炕上还睡着小孙女，十三个月大，几个兄弟正帮他盖新的食堂，教友越来越多，在他小屋子已经无法落脚吃饭了。吃过鸡蛋、蒜苗炒肉，喝过米汤，就躺在火炕上睡了，好多年没睡过炕了，真舒服。残存的社会主义大家庭记忆油然而起［……］。很冷，下着小雨，回来的路上时走时停，远山近水间常常是人为景观，有的山被挖空了，铁矿石被运走了，剩下的沙石形成新的山峦，“你的山川”，“你的祖国”，还想起很多“你的蒙古”，“你的新疆”，总之都是你的。这个世界没有我的，都是你的，我的祖国。

又看见两只野鸡，想起《采桑图》，去桑树林，刚刚发芽，一片嫩绿。

2011 年 5 月 13 日

又去山冈上的小教堂，一对新人在这儿结婚，唱诗，祷告，一对二十四岁青年男女结合为一体。我献礼金二百，中午还请我们吃喜宴。下午回来的路上反倒不困了，今晨 7：00 起床，上午很困的。又看到了野鸡，慢慢倒车到了它的身边。路边见野鸡奇妙无比。

2011 年 5 月 15 日

昨天回趟金城，看了老爹老娘，吃顿饺子，吃顿煮饼，看上锦县大凌河边上的一楼有小院的小房子，想给他们买了。连夜赶回建平。今早 7：30 起床又去山上小教堂，周日许多人在礼拜堂。完毕大家开始盖房子，准备盖个大点的食堂，我奉献三千，这些钱三年前正好买下教堂的院落。中午吃过大锅饭，回到旅馆，准备明天去内蒙古。

2011 年 5 月 20 日

我已经回到北京，发烧了。16 号真的去了内蒙古，早晨七点多，我出发了，二地主从凌海赶来，我和小佟和国华一路闷在车里，越走越冷，中午赶到达里湖。街上无人，饭馆冰冷，还得开暖气，太冷，感冒了。湖边收费四十元每人，我总是愤怒于把人民的大自然圈起来收取人民币。掉头又是几个小时，在地平线上行驶赶到“石林”，几座山上各有几个怪石，圈起来收人民币一百每人。去你妈的，蒙古包也是用水泥抹的，不住了，不玩了，也不画了，回赤峰！行程五百公里还没见着一个蒙古人。

前面坡地有羊，有牛，有个蒙古包，总得见个蒙古人吧。车开下去，果然有一女的，就一个女的，很美，长脸，红膛，眼绿黄，骨感害羞真美女，不会说汉语。一会儿又一女子骑摩托车来访。夕阳下风中她们扶栏说蒙语，我们傻逼游客东张西望拍照片。

赶回赤峰已是夜 10：00，一天半宿中我一直睡在车上，脖子疼头昏腿软，过去找吃的，回酒店大睡、大汗。

17 号中午赶回建平，换车，别过朋友，我与小佟回京。一路低烧，一路大脚油门，但很清醒，每遇高速探头都提前减速，

无一漏过。刚出东北最后一关，被警察文明拦下，出示一打印我车照片，超速 77%，罚款两千元，不扣分。

他妈的，这是藏在树丛中的摄像头，与车平行角度，躲过上头没逃过下头，高速限速九十公里，明摆着靠罚款日进斗金，全入警察小集体腰包。

果然等着罚款的半小时内，我车后已排成长龙，无一幸免，全部超速。

回来两天，病见好，只是想着生活别再超速，慢慢怀想，慢慢画几张《你的山水》，或是《你的人民》。

2011 年 6 月 5 日

稀冽冽的小雪花推着稀冽冽的小雨慢慢扑向我的门前。小雨到了门前形成水帘洞般的雨帘，四个小护士两两成对在小镇边缘的清冽的晨雾中，几只苹果漫浮在云层清晰渐远的空中，长得像濮存昕的张艺谋指挥拍摄树丛中有人放出的干冰形成的晨雾，我说这不太像，他转身回到篮球馆，准备拍摄用纸板做的半片篮球队员像水一样浮在木板地上，他说他拍到了这个，我说这还有点意思。

我坐在四周透明的车上，行驶在雪中。雪是一大块一大块地扑向了车身，车像行驶在雪洞中。喻红倒车在草垛上，有点刹不住车。我和红孩偷摘邻居家的李子，李子树后的窗子里有妈妈、姐姐和姨姥。墙上挂着一只表。妈妈说我们搬到邻居家了，搬早了，少了一间房，人家不搬的人倒有两间房。

我饿了，在锦县的边上找早饭，想着哥哥他们一帮人哪儿去了，这时哥哥来电话说回来吧，家里做好了早饭，油条、大豆腐和豆浆，我想开车很快就会到家的，很快就能吃上这些最解饿的早饭。

别人都下了囚车，最后剩下的是一个德国清瘦的小男孩。我认识他，他从小玩命。他下了车，我拍拍他的脸。他说能在这墙根撒尿吗？我说撒吧。他撒了很多，还高高地喷向四周，喷了一个女孩全身，我拉住要走的男孩说她叫 Mogen，你应该向她道歉，他说希特勒说战争期间不应与本国人有过密交往。说完阴阴地走了，我有点怕他。

我醒了，仍然清晰地记得这些似乎连成一片的断梦。

2011 年 6 月 23 日

昨天中午大龙来电话，我正开会，傍晚打回去，他说他要来我家喝一杯。大龙，法国人，我的邻居，好烹调、音乐。晚 8:00，来了，我让他在酒柜里挑了红酒，窗前开喝。因为抽了他带来的烟，忽然很 high，看他比比划划跟喻红说话的样子，我总想笑。喻红的表情越来越严肃，她说他说脑里长了肿瘤，像蘑菇一样无限生长，十天前他检查出结果，三天前告诉了他的妻子——已经有孕在身五月的挪威人。他妻子父母姐妹来了，他搬到家边小旅馆住了。他说等他忽然 go 了，请我们支持他妻子和未出生的孩子，让她们快乐，我说“不可能”——他的口头禅，只会这么一句中文。他说真的，他四五夜未眠，哭啼，说不定明天就瘫了，或者 go 了，请我们不要惊愕。他跟我们说只因相信我们坚强，会帮助他妻儿有些快乐。我说我会保持你给我的两个习惯：第一，当老婆做饭时，我尽量陪在厨房聊天抽烟。第二，当我做饭时把老婆推出厨房，厨房不能有女人。他是烹调高手，做饭时厨房不能有女人的，而且我会给你孩子一个中文名字“不可能”。

他说他想居易了，刚刚和他喝了点。我又电话居易让他来我家。居易父母都是医学高手，说明天有最后结果再说喽。其实居易已经托人找了天坛医院。大龙说他的四个姐姐在法国都挺忙的，他想在中国做手术。

大龙，三十多岁，总是说自己太懒。

深夜散去，凌晨，做一梦，见一外国青年，左眼看不见，就请医生用两把刀，分别从眼后插入两只眼睛，割来割去，寻找好眼与坏眼的关系，结果左眼依然看不见，右眼也被刀刮得很薄了，透明得像灯泡的皮儿。

他站起来拥抱我，很矮，因为没腿。

2011 年 8 月 8 日

卢西安·弗洛伊德

西方文艺复兴以来，以人物画为主线的美学文脉，各国都有大师筑造高峰。意大利、德国、荷兰、西班牙、法国相继各领风骚百十年，唯独伟大的英国缺席，直到今天，英国才补上这门课，这个人就是卢西安·弗洛伊德。

他的画法承接哈尔斯、库尔贝、夏尔丹。他的精神诉求得到了埃贡·席勒、培根以及德国表现主义的启发。由于他没有完全重视传统油画的色彩规律，反而使他画出了白种人最本质的肉体的色彩，达到了前所未有的强度。这个强度是靠他狭窄的题材和一生的专注堆积而成，这种狭窄也是现代社会结构造就的。现代社会分工越来越细，个人只能在窄小的空间里施展才华，追求极致，达到顶峰。

他的绘画传达了深刻的精神强度，触动了人类某种精神同构，使许多绘画在他的强度面前沦为仅有艺术趣味的装饰品。

卢西安·弗洛伊德是一座凸显了绘画的奢侈与骄傲的丰碑。

“自古情至语，中必无色泽。”

我不是巧说者，谨以此句而衷微情。谢谢谢谢。

1841 年的火

2012 年 4 月 18 日

我在伦敦为 John Moores 绘画奖评审了两天。空闲时脑子里在想 Graz 美术馆的项目。我想在那座几乎废弃的铁矿山上画几个人纵向坐在椅子上，像古代画中一排人纵向坐在桌前。

2012 年 4 月 24 日

从伦敦辗转法国和 Ming 一同到了意大利米兰，我们要在 Massimo 做展，年底，11 月中旬吧。我想除了画一个大椭圆形的吃喝，还画一些小椭圆形的美女，洛可可风格，美女加美食。博伊斯说，离资本主义灭亡还有 1017 天，我看没有啊，1017 天过去了，资本主义还好吧。

临别米兰，在逛店的时候，喻红说那人多像张元啊，一看果然是他，坐在店门口，小凤也跑了过来，真是巧，太逗了，我第一句话就是 :“你丫幸亏没带别人来，撞见了。”

吃饭时韩家英夫妇也在，大吃大喝消灭了张元五百大欧元呐!

早晨 4 : 00 起床，5 : 00 出发，7 : 20 飞往奥地利 Graz，在维也

（上图）1841年的火，250 cm × 300 cm，布面油画
（下图）长树的游泳池，250 cm × 300 cm，布面油画

纳转机。策展人 Gunther 在机场接我直达美术馆。

Graz 是奥地利第二大城市，30 万人口不知哪去了，从机场到美术馆没人，没高速路。没吃饭又直达 Gunther 推荐我画画的地点 Eisenerz 小镇——几乎废弃的铁矿山区。翻了几座山，这里还是山，有一座被开采得像金字塔的铁山，在它周围就是 Eisenerz 小镇。当地志愿者 Gerhard 拿着钥匙像自家一样打开博物馆门给我们介绍矿山的历史。有一张画很有趣，1841 年的，是描绘迎接国王来矿山的灯火通明的场面，画中的街道依然存在现在的小镇中心，没改变多少，没有过去的人气了。我马上想在这原址上画这条街景，也很巧，原计划画四个人坐着的，那张画里就有四个人并排站着的。缘分啊，也能勾起当地人两百年的历史。

Gunther、Gerhard 又带我去矿区，原来热闹繁华的工人街区现在空无一人。户外游泳池不仅长满了草还长满了树！荒芜得心惊胆战。就是它了，就再画一张泳池吧。我曾在《金城小子》里画过长满草的泳池，远隔万水千山，大型工业制造业的坍塌都一样带有浓浓的被遗弃的气息。这两张画既勾起当地人的历史记忆也勾近了和我的距离，使我不至于像个游客画家。

这座山恐怕就是 Eisenerz 小镇赖以生存的铁矿山，现在已经被挖得下降 70 米，像金字塔一样的秃山。

Gunther、Gerhard 带我在 Eisenerz 转来转去，一天没吃饭，没喝水。

2012 年 4 月 25 日

晚上，我和喻红登上 Graz 市区石头山，山上有古堡，古代 Graz 的制高点守城的古堡吧。山下一条河，汹涌湍急，很野性地穿过整个城市，河边就是 Graz 美术馆，夜晚闪着通体的光芒，像外星动物趴在老房子上，也像胃里翻滚着疼痛。

2012 年 5 月 6 日

从北京出发乘坐空客 380 吧，太大，是我坐过的最大的飞机，在法兰克福转小飞机。在 Graz 上空 Alexandra 居然拍到了 Graz 美术馆。

相隔十天又来到 Graz，没什么人，街上一两条电车的铁轨，偶尔悠悠闪过老式电车，好美，好适合传统作家的生活，每天写几个字，几个月写上一首诗。想着我要在这儿附近的小镇过上一个月的生活，心中缓缓的喜悦。

2012 年 5 月 8 日

昨天 Gunther 带我们四个，Alexandra、小春、小佟和我从 Graz 到了 Eisenerz 小镇。镇上多了绿色，树叶更多了。我们住在对门的两个小公寓里。每人配备了一辆自行车。

今天泳池旁的画棚建好了，全木头，很漂亮，浪漫。画框画布也从维也纳运到，是金属的框子，很轻。下午依然太阳天，偶尔有云，泳池里和外的树都长满了叶子，和十天前已然不同。

时差来袭，很困，躺在棚子里，觉着微风吹着头，怕睡着怕睡着还是睡过去了。忽然被自己的鼾声惊醒，已然过去一个小时。

起来就开始画了。直到傍晚 7：30，布满了半块画布，绿色很难画，明天再说，先骑车回家吃饭。回家的路是上坡，累得眼睛快掉到前车轮子上了。刚到家，杨波也到了，是 Werner 从 Graz 机场送来的，他比我们晚到两天。

小佟炖了牛肉，和着昨天剩下的红烧肉，又一顿中式大美餐。

如此我们小组五人已经就位，明天开始新的集体生活啦。

我们吃的肉很像我画的这座山。

2012 年 5 月 12 日

绘画已经进行四五天了，作为“行为艺术”已经可以结束了——在废弃了三四十年的游泳池边搭建了临时工作室，我一丝不苟地面对这片荒芜用几天描绘它们。

但作为绘画这才刚刚开始，作为绘画我还需要更多的时间反复修改、涂抹，这是无休止的工作。想到此，我累啦，躺在这临时工作室不愿醒来，我知道醒来将面临无休止的工作，我要推翻许多前面的工作，不停地涂抹，牺牲许多即兴灵动的笔触，重新调整色彩，重建新的空间、色彩关系。

下面的工作是勇于牺牲前面工作的勇气，又要有耐心相信重新建立秩序的信心和体力。

2012 年 5 月 13 日

上午起早，去矿山。坐上曾经运输矿石的巨大翻斗车到山顶，很冷，很壮观，挖过的金色的山和近处、远处的雪山。然后又转车进山洞，坐运矿石的小火车行进深深的山洞，更冷，看到复原当时矿工的雕像才理解当地好多旗上、建筑上的标志——那是 X，两把不同的斧头，矿工左右手各拿一把，一点点将矿石打下来，想象着当时矿工的生活。每天敲打矿石，很累，很多人，是集体生活，然后乘小火车出山洞回家抱老婆孩子喝酒。那时有四五千人。后来机械化生产，每天爆破噪音极大，再后来越来越机械化生产，不需要那么多人，现在整座矿上地上地下只有 140 人。

我们游览一圈也没见到什么人，只见有些摩托车手在山上练习，准备比赛。

下午，继续画泳池，时有小雨，很冷。

2012 年 5 月 15 日

第一张基本画完，叫它“有树的游泳池”吧。休息一天，吃喝玩乐一下，明后天在镇中心街上搭建新的棚子，进行第二张，“1841 年的火”。

2012 年 5 月 16 日

昨晚的雨一直延续到今天，初夏直接到了深秋，山上甚至下起了雪。

雨中我们把画完了的画搬上了卡车，运到镇上博物馆。也把泳池边上的画棚拆了，在新的地方——镇中心的街边搭起了新的画棚。两个奥地利小伙子很能干，小春哥像哑语一样用身体语言与他们交流无阻，画棚搭建得很完美。下午 4:00 四个高中生如约来到画棚前，在雨中我开始画他们，画他们空望这条街的背影。一旦画上大的画布就和纸上谈兵的小构图完全不同啦。小构图很合适，上了大布才发觉这四个人站在画前太尴尬了，应该画他们站墙边随便聊天的样子，马上就改了，涂掉了他们的背影，明天画他们站在远处的墙角。

阴雨绵绵，冰凉透骨，但愿明天雨过天不晴，让 Eisenerz 更加清冷动人。

2012 年 5 月 18 日

今天太阳天，没法儿画了，在家研究研究与此山有关的奥地利艺术家的作品。

这里的气候无常，有时阴有时晴，早知如此我应该一块儿一块儿地完成这件作品，每天画一局部，赶上晴天画晴天，赶上阴天画阴天，赶上早晨画早晨，赶上晚上画晚上。

傍晚邻居酒吧开张，我们去大喝啤酒，新鲜，真好喝。

2012 年 5 月 21 日

今天下雨，比较大，风也大。不想去画，在家打牌。下午三点多，坐不住了，还想去棚子看看，一看就不可收拾了，雨浇在地上反射着各种色彩，太玄妙。赶快画，五光十色，近处还有雨滴的味道，画完地不过瘾，又画山上的树，前面的房子，色彩出奇地争艳。试想没这场雨的话那地面多么枯燥，谢谢这场雨。画完很开心，随手给小帅发了条短信，今天他生日，他的电影《我 11》正在中国公映——“房事过亿，票房才能过亿，小帅生日快乐！”

2012 年 5 月 23 日

昨夜梦见一巨人，头长一米多，说水下还有五米多，身边许多裸人儿，很小，跑到他身边的水上。这是世界仅存的另外两种人类，我刚要拍照，小人立刻都跑回去了，仅拍着一个，但在影像里是穿着衣服的。他们互相依存，隐蔽地生活在这里，不为世人所知。拍照会使他们融化。

2012 年 5 月 25 日

昨天上午 Gerhard 带我去他授课的体育学校和学生们交流一下，学生都是 12—15 岁的少年，面对他们我不知说什么，完全不同的两个世界，我用我的 Chinglish 讲了点我像他们那么大的时候的生活，很快结束了，本月 31 日晚我还要去另外一个高中交流，也许当晚还在镇中心广场放映这次的纪录片，和当地镇民们共度一场露天电影晚会。

下午基本上画完了四个男孩，请他们吃了晚饭以示庆祝。画他们的时候有辆消防车鸣笛向我示好，还有许多居民来看我画画，他们都是看了电视和报纸知道我在这画画呢，真可爱，中老年们！

傍晚闲步小镇上，好多橱窗贴上了我要在镇中心小广场和大家见面的活动，好多车路过向我打着招呼，我想他们要我做这里的荣誉镇民该多好呀。

走在山下河边小路上，有废弃的铁路，有山洞，有一个男孩，滑板后面跟着一个女孩，河边的小院里有妇女在打理花草和蔬菜。

在如此天真的环境里长大的天真的孩子该如何看待这个世界，如何理解这个世界，如何混在这个混乱的世界呢？

我总是幻想着置换人生。

2012 年 5 月 26 日

一团云撞上了一座山，头绪混了。

2012 年 5 月 28 日

这张画基本结束了，我凝视这张画几个小时，眼睛扫描着画面上的每一毫米。没劲儿再画了，只欠儿把火了。

我发现画中许多三角形，楔子形，这让我想起第一次从米兰转机来这儿，飞机上大部分都是奥地利人，他们的脸型、鼻子都比较棱角分明、尖锐。到这儿才知他们长得像这里的山峰，他们的建筑也像山峰，一方水土养一方人啊。

人和人的产物都隐藏着他们所处环境的样子。

2012 年 5 月 30 日

最后我在画完的 Eisenerz 小镇的街景画了几把 1841 年的火，结束了，拆棚回家。肉眼留不住，还能来几回？

再见 Eisenerz，你会想我的。

2012 年 5 月 31 日

昨天从 Eisenerz 回到 Graz，忽然发觉 Graz 是超级大都市，人很多。与我第一次到 Graz 印象恰恰相反，这恐怕都是因为天堂般清静的 Eisenerz 对比的原因。

到了大城市我们都一人一个房间住在旅店里。我去敲我哥小春的房间，他不知道是我敲门，一副迎接陌生人的笑容开了门，这笑容太像我的爸爸，他刚去世两个月，他的形象还在《金城小子》里活着。

我带着这个笑容随 Gunther 的车又来到了 Eisenerz，路上我不自觉地流着泪，就像姐夫曾说的，父亲去世半年后你才能感到无法挽回的悲伤。

又看到 Eisenerz，只隔一天，像分离了许久，教堂在，街道在，我们住过的房子也在，住在这里的居民好幸运，不变的东西才能一直为你们保存记忆。

中午给高中的孩子们首映了我们的电影《刘小东在 Eisenerz》，他们喜欢，晚上在山博馆给当地居民再映了这部电影，同时也放映了《金城小子》，居民多是白发老人，像我的父亲，他们也喜欢，我也能感觉他们由衷的感动。

也许故乡是可以移动的。

和田日记

2012 年 6 月 22 日

和田五洲世纪大酒店大堂。欧宁团队，阿城，今日美术馆团体，杨波团队，画画团队。

欧宁：

1. 16 号去阿勒泰见李娟。散文，写母亲在哈萨克开小店，母女结束了随牧民散居生活。拍了她采访。

2. 乌鲁木齐看展场。拜访叶尔克西，曾写《永生羊》。拜见刘亮程，《一个人的村庄》，熟知新疆地理历史。

3. 哈什，夜访老城。城市更新，旧城改造。麦盖提县木卡姆音乐（刀郎木卡姆）。

4. 莎车县，农具乐器。灵魂害怕黑暗，木卡姆音乐让她放松进入黑暗的人的肉体。所以自从有人，就有了木卡姆音乐。

5. 和田，礼拜，清真寺。

2012 年 6 月 23 日

会议：侯瀚如，欧宁，今日（美术馆团队）。

欧宁重复昨天述说，侯倾向于在小学等生活场所展出，像个小集市，而不是在美术馆等大型空间。要像草一样在沙漠中生长出来。

我说时间很短，环境复杂，我不可能了解这么复杂状况，我想千万不要概括别人的生活，我只就这条河，这个河床上采玉的人，一棵树，哪怕只是一块石头。我画他们，两个月，很小很小的点，开放的信息。成为被画的人和景物的一部分，而不要在其之上。

维族人不喜欢我们，我希望通过这次小小的活动，让人家觉得这些人还不错。

2012 年 6 月 28 日

直到现在才有一个小时的空闲写点东西，回想这些天好像是这样度过的：

6 月 21 日早晨 6：00 起床，7：00 出发去机场，10：00 从北京起飞去乌鲁木齐，同时有阿城、杨波、谦儿（录音师）、大叔（场记）、郑妍、李萌。

下午到了乌市，入住如家小店，奔往国际展览中心，在那里将展出我的和田项目，空间超大，在 108 空间。晚上韩书记等宣传部、文化厅领导大桌宴请，新疆比内地晚两个小时时差，夜两点多入睡。

6 月 22 日，早晨 8：00 飞往和田。昏睡一路，10：00 左右降临和田，满眼黄土，树叶也是黄土覆盖，风吹起树叶泛着白茫茫的光。很像北京中等的沙尘暴。去酒店的沿途路边都是巨型黄土沙堆，路边在挖沟，汽车在沙堆和漫天沙尘中穿行。和乌鲁木齐有一点相似，就是看不到有维吾尔民族特色的建筑，和内地城市差不多。

安顿好行李，就去沙漠了，沿途是玉龙喀什河，有黄泥般的河流，河滩都是经百遍挖掘翻来覆去的卵石，凹凸不平，在沙尘的白光中闪着光茫，源远凄楚。

在沙漠遗址与欧宁团队会合。

6 月 23 日，侯瀚如到了。

6 月 24 日，去了喀拉喀什河，那里是高地，河流在遥远处流向脚下的河道，河道旁是绿洲，这是最早的佛教圣地，被伊斯兰占领后也就是伊斯兰圣地了，有一穆斯林老者坐在唐玄奘曾经打坐的小山洞里苦修，山上是一千多年前伊斯兰英雄的墓地。

6 月 25 日，早晨 10：00 出发去喀什，沿途去了莎车，这里是木卡姆之乡，许多老人在公园自发演奏木卡姆，载歌载舞，一片祥和美好。

一路戈壁，偶有绿洲，到了喀什已是夜里十点多。二十年前我来过喀什，八六年吧，和喻红一起搭乘煤车，半夜 11：00 还有落日余晖。那时住在大车店。大清真寺旁边都是买衣帽小刀的商品小摊子，我还和买长筒袜的维吾尔族青年打了一架，我追他到干打垒的老区胡同，暗暗的胡同和门洞，没有危险感，像和内地某青年打架一样的心态。

现在完全不同了，喀什和内地的城市一样，广场、绿地、路灯、高楼、公园泛舟、柏油路堵车。第二天白天去了大清真寺，新的一样，过去是高大雄伟的黄土堆成的，现在显得很小，贴着亮黄色的瓷砖，广场是大理石，一条买卖商品街。还有老城，很小的一部分，孤零零地被伦敦眼、玻璃楼包围，老城内也拆得乱七八糟，一场狂风就会被吹走的样子。

带我们游览的老徐告诉我现在是“七・五”时期，暗藏很多恐怖险情，老区地上家家相连，地下两三层防空洞，若有坏分子根本抓不到，不过现在喀什警力充沛，坏分子都在和田一带活动，前些天还在叶城有大事发生，劝我在和田务必小心。我如何小心呢？我要在和田画画两个月，只能祈祷不要碰上事情，相信好人多。

6月26日傍晚我和侯瀚如、郑妍等飞往乌鲁木齐，阿城、杨波等一天后乘车回和田。

6月27日我们又去了展览中心，侯瀚如本打算不在展览中心殿堂里展出我的项目，他想寻找一个民居或者一个小学，把我的作品融到当地人的生活中去，到了乌鲁木齐他才知道找不到这样的地方。展场以及参观人流的安全是首要考虑的任务。侯瀚如决定在空旷的108空间只展出我一件作品，让空间去言说。我觉得这是因地制宜的好主意。

大事已定，又是傍晚，我们随着张子康厅长乘车去了城边石人沟，这里是乌市人民徒步的好地方，山上堆满了垛垛石头，那是游人每次徒走放上一块石头的纪念碑。远看山上像长满了小松树。站在山上远望乌市，有水泥厂、有烟囱、有高楼的剪影，都在烟雾中，近山远山相连，远古的地貌，就缺恐龙在其间飞翔。

2012年6月29日

昨天回到和田，今天上午就去河套，再一次寻找可画的地点，几天的奔波让我中暑了吧，嗓子肿了，有点发烧，无力。

中午还在玉龙喀什河的河套上画了草图，“前、后、左、右”，我想在同一地点画四个方向。太阳很刺眼，这时队员收到微博消息：和田飞往乌鲁木齐的飞机遭劫持，六名歹徒被机组和乘客制服，并受轻伤，飞机飞回和田机场安全着陆。陪我们的当地领导紧急回乌市开会。下午我们的新成员小春将从东北来和田，为此着急也是没用，但愿危险总是擦身而过。

2012月7月1日

病了两天了，没发烧，像热伤风，不能每个项目都病吧，不能够吧。

睡到11:00，热醒的，打开窗帘，小佟来，给我换了对面的房间，凉爽许多。

下午3：00又睡到5：30，打开窗帘，阳光又洒到床边，原来这个旅馆是东西方向的，要么上午热要么下午热，没有安宁的清凉。

不能就这样在旅馆待两天吧，应该再去河套看看，确定画画地点，可真是无力，一脸鼻涕泪。

2012年7月2日

昨天傍晚又去河套右侧，忽然顿开，这里太好，前后左右都是那意思，在这儿搭棚画啦，正好还有两维族青年在河里洗澡，他们答应我画他们，还有一个瘦高中年采玉路过，曾在广州烤羊肉串，都留了电话。

今天病还在，有点发烧。阿力的姐夫来了，他在这里法院工作，给昨天那三个维族兄弟电话，一个没人接，一个说不是那个人。我很昏，跟着阿力姐夫的车又到了河套，希望能碰到他们，茫茫河滩卵石，泥沙黄水，不见人影，很热，睁不开眼。

晚饭姐夫请来两位木卡姆老乐手，弹唱如风沙弥漫戈壁，遥不可及。

2012年7月3日

阿城回京了，我担心劫机事件太危险，劝他过些天，“七·五”后再说吧，他说没事的，他们今年的经费用完了，不会再出事了。

想想十多天来阿城一直陪着我们，给兄弟们许多知识，真是件奢侈的事。

2012 年 7 月 4 日

早晨 8：00 起床，去玉龙喀什河上游，麦·吐尔逊先生的采玉地点，这是我们的司机昨天带我们去的地方，麦·吐尔逊老汉是这块采玉地的主人，村里许多人都听他的。这是河套大坝的尽头，水浆翻急，昆仑山就在眼前，河套被大型机械翻了几百遍，他们就在机械翻遍的地方再人工一点点挖掘，寻找奇迹，他手握一把玉米粒大小的小仔玉说："买卖这些玉是为了给十八岁的女儿，她在娘肚子里时被计划生育人员强行打了一针，生下来就智障了，大小便失禁，直到今天仍然每天要换多次衣裤。"

河套的卵石堆里被挖出许多小窑，有个小木门，采玉人住在里面。里面矮小漆黑，顶部留一小洞，小洞铺着有洞的塑料布。地上有简易的毡子，墙边是小煤炉和几个锅碗瓢盆，一个老人和他的媳妇出来迎接我们，我以为他有七八十岁，一问才知道六十三岁。媳妇还刺绣花枕头呢。

上午，风沙渐起，一片地老天荒。麦·吐尔逊的儿子带来几个采玉的朋友，有个长得很像黑人。他们随意在乱石坑岗中挖来找去，一路到了河边，趟过急流又到水中乱岗中寻找。水很凉，很急，今年已有百十人随波逝去，因为水涨得很快，有时集中精力采玉，忘了水下急流。

回来的路上又去了麦·吐尔逊的家。农家小院，葡萄满园，院外的套院里是他家的农田，有各种果树，还有大葱和玉米秧子。他智障的女儿和妈妈站在院中。

风沙越来越大，看不出多远。一条小水渠绕村而过。想着将来的一两个月和他们在一起画他们，心中有种温暖。

下午四点多，小春他们又返回闸口河套，去搭建画棚。晚10：00，我也赶到，天将黑。黄沙漫天，土军绿的棚子屹立在废墟中，迎风招展，这真是最惊人的艺术品。

晚十一点多才收工，上了车，回拔，河上的桥头又被铁杆拦着，每次我们都是搬开，这次上了锁，我们的车过不去了。又请来麦·吐尔逊，他带着儿子和朋友，黑暗中手电人影交错，还是找不着锁桥的人。路过的人一定以为这里发生了什么恐怖事件。最后他儿子发现了另一条路，他的朋友骑摩托车带路将我们送出了河套。

到了和田已是1：00，大桥设卡，盘查路人，城里三五警车来回游巡。我们进了一餐馆，像过去的国营大饭馆，都是维吾尔族，没有汉人，我们来去自如，像自家一样，能和他们这样相处我很欣喜。维吾尔族在饭馆不吸烟不喝酒不吵闹，很文明。

2012年7月5日

今天“七·五”，可怕的日子。本想休息一天，傍晚还是开始画了。麦·吐尔逊和他的儿子及他儿子的朋友们一共六人都到了，我请他们在画棚前的沟坎中上上下下地站着，他儿子蹲在中间。

这两天城里查得很严，所有机关干部都参加挨家挨户的检查身份户口等情况，我真担心把无处藏身的人都赶到我们这里，这里有很多地洞。阿力的姐夫来看我们，他是法院的人，说这里都是当地百姓，很安全。我为团队放心许多。放下焦虑，画得很好，开局不错。

回来又是半夜，路上不远处就有警车闪动着光，行人不多。

2012年7月6日

今天画背景。桥上还在上锁，绕路过去很远，一直在采玉的坝上行进。

沙尘很大，画布上有沙，颜料像在砂纸上调和，运笔不畅。风景一片灰白，真正的灰白，没有色彩倾向，还很刺眼的灰白。真的很难画，越画风越大，只好罢休。

回来的路上，原来找到的小路也被封了，我们又在上锁的桥边等待，已是半夜，没人有钥匙。又有一摩托青年告诉我们有另一条更小的路。沿路爬行，前面又是一小桥，是木头的，车刚刚能过。每天颠簸改路好难办。

2012年7月7日

下午终于要到了横在桥上的那个铁杆子的钥匙了，我们像孙悟空拿到了真的铁扇，打开了通过火焰山的秘咒。

风很大，又修理了半天的画棚，我在里面，他们在外面，外面还有买卖玉的人。我们周围的一个采玉人挖到一块玉，要价五万，来买的人还价一千五，争到三千还不卖，买玉人三番五次来拍手还价，就是不卖，又来一新人，出价四千，卖了。同时我的一个助手打电话给他朋友，那朋友二句不说四千五从新买主那又买了回来，十分钟，卖主没动地儿，已经转手两次。真是电视剧版的艺术品市场繁荣景象。一块石头就是硬通货。

风太大，只画了远处的风。画什么画呀，跟他们采玉去得了。有了这行当谁还种地呀，这里的农民都把地包出去，自己去河套采玉。

2012年7月8日

每天沙尘暴，燥热难耐，热伤风一个接一个，团队每个人几乎都轮着热伤风，得了还好不了。

不好入睡，睡着也得两三点了，睡了就不愿起来，直到中午还赖在床上，越睡越香，越睡越沉，直到脑子里睡满了水，肿胀得醒来两个小时还肿胀着。

每天沙尘暴本身就是对我们身体的打击，就更不用说弥漫在沙尘里的不可预测的事件对我们精神的考验了。

所以宁可睡去不愿醒来，宁可肿胀不愿清醒。

2012年7月9日

“七·五”阶段，社会管理很严，每天机关单位的人都要下到基层，挨家挨户查户口。桥上或交通要道设卡，车行很慢，每个自然村村口都有把守。每次去小佟他们住处（他们没住旅馆，是租住在普通楼房里）吃饭都要被小区门口的维吾尔族大爷大妈叫住盘查，他们平时就躺在门口的床上。

当然这时期娱乐场所关门很早，今晚就有许多维吾尔族青年男女租住我们这个旅馆的四楼，在里面吹拉弹唱。半夜有两名维吾尔族警察拎着棒子挨门检查，电梯边还有两名汉人警察。

维稳的成本很高。

我们假设每个人都是坏人，然后从中筛查出好人，就像登机验身的过程。

全世界都是这样，这个世界还有其他办法吗？

“我想和这个世界谈谈”，韩小子你谈出结果了吗？

2012年7月10日

昨天一早随杨波拍摄最帅的阿不都·克里木，他是这几个被画人中最俊的，忧郁的像被蒙上一层膜的婴儿的眼睛。

到他家，他刚从地里干完活回来，请我们进家，家是去年盖的，屋里有柜子，柜子上有镜子。他特意铺上专为客人准备的被子让我们坐。一会他老婆孩子来了，老婆很年轻，二十一岁，已经有两个孩子了，老大两岁，男孩，老二七个月，丫头。老婆还像个姑娘，很漂亮，双眉浓浓地连在一起。

克里木不停地在炕上换衣服，下地照镜子。妈妈也帮他出主意。最后选择一身黑衣，他要带我们去找肉孜，长得很像黑人，叫他乔丹。他说乔丹承包了一块地，正在挖玉。

我们到了另一个村，在河边，车进不去，我们走进去。一家农户院，长长的院子上面是葡萄架，葡萄架下正在挖坑，有五六米深，乔丹的爸爸抱着孩子正在指挥众多小伙子挖坑，他们要把自家院子彻底挖空，要挖出玉。乔丹正在坑底奋力挖，坑里有水，还有抽水机向上排水。原来乔丹在“承包”他自家的坑。

没见过愚公但听说过移山的精神吧。如果告诉他们门前这座山下有玉，他们一定会一锹一镐地移走这座山！愚公在内地是传说，在和田可是真的，愚公们都跑到和田来了。

2012年7月11日

今天阳光普照，白灿灿，远方仍有沙尘。傍晚将去画阿不都·克里木，他将在阳光中被画，其实昨天就有了阳光，老头阿斯木就画在了阳光里。赶上阳光画阳光，赶上沙尘画沙尘。

昨天半路还碰了几个中年人在泥河中游泳。他们都是中年的胖肚子了，他们从小就在一起，到今天仍然是一个接一个地往泥河里跳跃，长大了，有的采玉，有的倒玉，有的仍然贫穷，有的已经暴发，但仍然童趣未改，一个接一个往河里扎，河水是昆仑山上的冰雪，冰凉刺骨，沿途炎热的沙漠戈壁一点也改变不了它的冰凉。

他们长得很像徐悲鸿《愚公移山》里的胖子们。

当晚 10：00，画完老头阿斯木，上车回家，车到桥头，桥头又被新的锁链锁住了。半天才请来开锁人。到城里维吾尔族夜市吃饭，吃羊头肉，牛肚子。维吾尔族席地而坐，在城市灯光中一派游牧气息，只因夜景太黑无法拍摄，要是支上画架画上几笔那就太过瘾了。

汉族的夜市在另一角落，他们几乎挨着但无人穿越，汉人抽烟喝酒吃肉串，维吾尔族喝水吃肉不抽烟。警车们在街口辛苦地守护着这一片祥和的吃喝场面。

2012 年 7 月 12 日

昨夜狂风大作，无梦中惊醒，狂风沿着空调管道吹出刺耳的哨声，有时还吹成女鬼敲门的声音。我一夜未眠，翻来覆去胡思乱想，担心这肆虐的狂风是否已经撕碎我那戈壁滩上的画棚，是否被撕碎的作品已经散落在河坝上无法拾回，即使捡回所有碎片，是应该展出这些碎片还是应该重画，是在狂风的戈壁上继续画画，还是搬回乌鲁木齐的室内继续完成未完成的画作。

这是个大问题。

如果遵循自然偶发的艺术原则，我应该展出这些碎片，如果遵循仅用绘画形式与这个世界谈谈的愿望，那我应该不管室内室外，只要完成画作就好。

这几乎是 to be or not to be 的大问题。

失眠中的我总是把问题复杂化，小事放大，大到无法逾越的坎，纠缠不已，天亮了，都是小事儿。慢慢迷糊入睡，这时又有服务员大吵小闹地在楼道里挨屋收拾卫生，惊起愤怒的我只穿内裤冲出房间大叫“你们在干吗，我还在睡觉”，她们嘴里道歉，眼睛上下打量着我这中年发福的臭皮囊。

一夜狂风退去，漫天黄土，傍晚我们急着赶往闸口画画现场，杨波摄影组拍了一天的摔跤比赛，还没吃饭，司机阿布也累得东倒西歪，路上买几个烤包子就又马不停蹄地赶到了现场。那顶帐篷——我的画棚，依然站在那片废墟般的河套中！打开帐篷全是黄沙，画面扑满了黄土，我该如何是好。幸运的是这里干燥的空气使油彩干得很快，上面的黄土还是能打掉一些的。

刮掉调色板上的一层黄土，我开始画肉孜·买买提，我们叫他乔丹，他的朋友们叫他奥巴马。他说昨天他还在他家院子里挖到了一个鸡蛋大的玉，卖了两万五千元。

我们加固了画棚，即使如此我已暗下决定离开这黄沙漫天的地方，这里实在无法再画下去了。

2012 年 7 月 13 日

早晨要画奥巴马，半天没来。再打电话过去，说是家里院子挖玉挖得塌方了，昨天半夜塌的，房子都裂了，现在正在加固房子。我们赶过去果然一堆人在院子的深坑中垒着河卵石，房子门前的台阶已经悬空。

在坝边，这条路的尽头画了阿不都、吐尔逊和另两位老头。风云再起，撤退，路过一杀羊现场，两男正在宰杀几只羊，被杀的羊像草一样无声无息。

下午又去河套，快到的时候被拦住了。军队在马路上跑步比赛，几个军人拿着长棍盾牌拦住了所有的人和车，沙尘四起，隐约能看到远处招展的红旗和跑步的士兵，几卡车的士兵上上下下，将近两小时才放行。大家都像奔腾的野马，加足马力消失在尘埃中，像精子喷向一片虚无。

到了现场已经快天黑了，没法画了，六个模特儿和我的工作组也等得太苦，玩起了玉石，买来卖去的。

2012 年 7 月 14 日

一早，又去画他们六人在更深的坑里挖玉，这个坑是个心形，很深，很可爱。我大概把他们画在布上，现场勾画能带出野劲，风沙太大无法上色，等过些天到乌鲁木齐找个仓库完善这些作品。

画完，给他们发了这些天的工资，大家都很高兴，我们还在断桥边合了影，伸出右手一二三，成了！

在闸口路边吃了刚烤的肉包子和馕，还吃了冰酸奶，那冰是上个冬季在玉龙喀什河上砸下来的大冰块，储存在农家的深坑中，夏天拿出来吃。

维吾尔族警察腰里挂着很多种武器，走来走去。

傍晚又返回闸口那边阿不都住的小村，说好要画他和美丽的媳妇，路上他来电话说村里风言风语，说他怎么怎么回事，要当演员吗。他就犹豫着。阿力劝他很久，他才同意。接上他和他媳妇，不过不要来村里，他俩骑摩托到闸口街边等我们。

媳妇一身黑裙，怀里抱着他的黑西服从街边小店走出来，他早上就在街边等我们呢。在离和田不远的河坝边，我让他俩走来走去，两身黑衣在灰灰的有沙尘的傍晚，没有晚霞，很是漂亮。媳妇单纯坚定，情不自禁会在镜头前快乐着她的容貌，他总是警惕的神情。他媳妇却很高兴让我们拍照画画。她才二十一岁，如果不去她家不会知道她已生育一男一女，她完全是个小姑娘。

很快我就画下了他俩。

回送他俩的路上，我邀请他俩明天去沙漠古迹转转，他说那是不行的。阿力告诉我们维吾尔族女孩不可能和这么多男性出游的。

他放松了许多，看出来他俩很高兴。

我们很奢侈能拍到和画到这么一对儿迷人的维吾尔族小夫妻。

2012 年 7 月 15 日

早 8：00 出发，准备去画画现场收拾残局，也打算随阿不都他们去沙漠古迹转转。一上午残局收拾完毕，装箱拆棚，很费大伙的力气，打扫完战场已近 12：00，现场像没发生过任何事情一样又恢复了挖玉的日常景象。我们走了，留下几块刷掉的颜料。

老汉阿斯木要去刮脸，今天是大巴扎。杨波想拍点，我们就随车返回县城。没想到回来的桥上堵得盛况空前，车流几乎不动，越是集市日越是检查得森严。有拉牛车后还赶着一头牛的，有为省油推着载满羊皮羊头羊脑羊蹄筋的车前行的，有下车步行的。桥对面的车道没车没人，没人出城，四村八里都赶着进城大巴扎呢。最壮观的是回头一看，一大群几百只羊在对面的车道上逆行而上，浩浩荡荡冲向县城，偶尔来车不管警车、官车还是百姓破车都是避让而行。

到了大巴扎已近午后 2：00，他们去剪头刮脸拍摄，我们寻找运输我画布画棚的卡车，折返数次在某街边的院里看到正在等待运往乌鲁木齐的我的箱子们，它们落满了土，在阳光下一片鬼哭狼嚎，狼狈不堪。

午饭去阿力表姐家，吃了数道维餐，好吃好撑，回到旅馆已是下午 5：00，一觉睡到现在——晚 8：20。

2012 年 7 月 16 日

今天是租我们车的老板的弟弟结婚。下午四点多我们开车跟着他们几大帮人去墨玉接新娘，我们的车也挤满了老人和孩子。新娘住墨玉边上的村里，车一进村已经全是人了，长长的排在那儿有百八十米，等着阿訇一一握手。新娘家院子很大，房子也很多，阿訇坐在新的大客厅里念经，讲人生的道理，新郎在边上站着，念完经才开门进去接媳妇，新娘蒙着盖头。新郎妈说这一对新人是亲戚，新娘是她老公奶奶的孩子的孩子，隔了四代，没事儿。

把新娘接回和田的路上新郎的爹坐在我身边，手里拿着结婚证，上面写着男方买买提……1989 年生，女方古丽……1992 年生。真是好年轻的一对儿。

男方住在和田城中心的后面平房里，二层楼，姑娘们在屋里跳起了舞，新娘坐在里屋，临走我也没看到新娘的盖头下面的长相。明天中午他们在城市摆婚宴，邀请我们去。

陪新郎的伴郎里有两个汉人的长相，新郎妈说这是维汉混血，我们叫他们“二转子”。

2012 年 7 月 17 日

上午在闸口集市见到阿不都，从他手里买了几块仔玉。又请他带我们去了沙漠古城。穿过一个水库大门和大坝，河边还是挖玉的人，翻过这些被翻过上百遍的卵石堆，那边就是古城。隔着铁丝网，风沙中远远剩下几座土堆就是沙漠中的古城，那时是佛教小天竺，印度是大天竺。

2012 年 7 月 18 日

这是在和田的最后一天，明天我就去乌鲁木齐，完成在这里因风沙太大而无法完成的作品。

又去河套转了一圈，在桥头的玉石巴扎转了转。

晚上请阿力姐夫吃烤全羊，他帮了我们许多忙，吃完饭天还亮，这真是我们一个月来第一次吃饭天还亮着，通常我们吃完饭就是半夜了。

2012 年 7 月 19 日

昨晚梦见爸爸一个人躺在山坡上，身下是厚厚枯黄树叶，通过一个长长的管子我往他身边吹烟，烟一下子就到了他身边，他暖和许多。喻红在另一边吹烟，烟雾半天才吹出管道。

树叶被零星的火花点燃了。爸爸看着我，我抱着爸爸托下山坡，告诉他这里要把树叶烧成灰，以后你再躺这儿就暖和了。爸爸靠在栅栏上，僵硬的身体被我弯曲了，惊醒了我，半睡半醒间我忽然懊悔不已：为什么没想到给爸爸买个轮椅，这样他可以坐在更高的地方看风景。

爸爸今年三月底离开了我，我参与火化和入葬的整个过程。

2012 年 7 月 21 日

今天开始在乌鲁木齐完成在和田没法儿完成的作品了。就在展览中心的 108 空间，8 月 25 日就在这展出这批作品。这里很大，很空很凉快，有时立着画有时铺在地上画，很开心。北京正在暴雨，很大很残暴。小春回去了，北京无法降落，只能落在石家庄，明天才能再飞。

小佟洗了在和田的照片，洗相片的人很惊讶：“你们居然敢在和田住一个多月！”

杨波剧组还在那——和田。

2012 年 7 月 22 日

昨天台湾小姚导演来电，今天手机报也有报道：《金城小子》获得第 14 届台北电影节百万首奖、最佳导演、最佳纪录片！一部纪录片打败所有剧情片、动画片赢得大奖，牛逼大了，乐得屁眼儿朝天啊。

前些日子《金城小子》还在波兰华沙纪录片节获得魔幻时光奖、评审团特别奖，评语是深刻描写友情以及画油画的过程并拍下了写实人生。

老爸爸神游的路上乐了吧，你走了，留下了这么好的影像，后辈也能常常看到你。就像你走那天小姚来的短信：“……老爷子那戴草帽着西装满脸笑容的形象似乎回头对我说，金城老小子走啦！老爷子再见！神游的路上吃饱穿暖喽！泪小姚。”

2012 年 7 月 25 日

这几天一口气几乎画完了阿不都和他媳妇在河滩上的这张画。我管它叫“西”，因为有一白色的落日。以前我想管这四张画叫“前、后、左、右”，现在改成“东、南、西、北”，上口有劲好记住。

明天试试画挖坑的那张，还不知叫它什么呢。

2012 年 7 月 29 日

这几天忙着看电视看奥运，也没闲着画画，几乎画完了挖坑这张。效果不错，比较温厚。叫它“北”吧。

有一只灰蓝色的大鸟从天而直降我几步之前，我拿起石头打它，它慢慢爬上了树，变成了鹰，它不躲避，我打下了它，手里抱着两个翅膀，没有了身体。这时来了一个农夫说：“你打它干啥，没有几口肉的，卖不了几个钱，我养个鹰仔儿就要一千五百元呢。”我说我只想离会飞翔的东西近点。

梦醒后我清楚地记得那块灰蓝色。

2012 年 8 月 7 日

这两天跟刘亮程他们去了北疆，和布克赛尔县，离乌市五百多公里，转来转去十一个小时才到，途经魔鬼城，被风化的奇景，除了“世界魔鬼城”的大门和大牌子一切都好。

和布克赛尔管辖三万多平方公里，有台湾那么大，人口五万多，多是蒙古族、哈萨克和汉人，与哈萨克接壤一百四十多公里。新的县城，老的历史。晚上十点多的斜阳仍然刺眼，人影投地可达百米，有三道彩虹直接插在三五百公里的山脚下，人少、安静，真是好地方，街上没什么车没什么人，自然就和谐得很。

白天去了古城，三千年前的，剩下半截土城墙，140 m × 140 m 的方形，是当时的中心帝国。然后又上山，去牛石头草原，刘亮程说远看是牛，近看是石头。就是到处都是横躺竖卧的石头。离此不远是祭天的石头堆，按刘亮程说法，远古时每人只能添上一块石头，那么当时这里有约十万人。

去这里的路极其难走，越野车很辛苦，真叫跋山涉水过沼泽，底盘不停撞石头。刘亮程很好玩，指着地上一个既像蚂蚱又像蜘蛛的方形爬行动物说：自然界没有方形动物，这是一条龙吧。

2012 年 8 月 8 日

6 月 22 日来新疆，到现在已经一个半月多了。离家就是一个人睡觉的日子，这种日子的特点就是越睡越晚，一个人不爱睡觉，经常错过最佳睡眠时间，整夜不眠。

昨天又是这样，看奥运到两三点，想着该睡觉了，明天还有工作，但是越想睡就越睡不着，闭着眼睛骗自己，不停翻饼。起来再喝酒，黑灯瞎火，喝着红酒有股芹菜味，晚饭是吃的芹菜，但睡前记得刷了牙，洗了杯子，怎么有芹菜味呢？还真有一个东西碰了我的嘴，味道越来越浓，于是起来把酒倒到马桶，嘿，一个漂浮物还在动，不是芹菜，是一个臭甲壳虫（放屁虫），原来臭放屁虫的味道是芹菜炒肉的味道。为去掉这种味道，还得抽烟喝酒，没法睡了。胡思乱想之一是想着哥哥小春，他这次也陪我来新疆了，他在东北老家为我做了一个画棚子，可移动的，他很能干，从小就是优秀钳工，心灵手巧但能睡觉，无论发生什么他都能酣香入睡，从小他就让着我，谁让他是中间，我是老小呢，他不得不享受夹板气。他爱溜达，到处乱走，经常不在我的视线里，和田那么危险，他还在大巴扎里乱晃，我生气了，他看出来了，就悄悄地躲在车后座。喝了酒就又忘了，还老嘲笑我总是咳咔咳嗽，谁跟我谁倒霉，至少得能忍受我的不停干咳。他是我亲哥，小时候我们一起吃喝拉撒十多年，十七岁我离家就再也没有在一个房间睡过了。他在身边总能减少我无法入眠的焦虑。兄弟姐妹越老越有味道。然后又想着人的一生真像一天：早晨青春年少，不愿起床，起床活蹦乱跳；下午中青年干大事，不觉太累；晚饭中老年得乐且乐，最后的狂欢；入睡时分不愿死去的老年又觉活着无聊，想求得平静入睡仙去，却被周旋一生的食物链左右为难，无法安然离去。

想着想着就天亮了，当黎明的曙光刺痛我的眼皮，我想我该回家了，回家过几天正常的生活，老婆孩子要求早睡早起，我随着她们能过几天是几天，至少心安，就像农业社会是我向往的一样。

2012 年 8 月 16 日

回北京家里休息了整整五天，睡得真好，每天差不多 12:00 睡了，早晨 10：00 起床，也很少与人联系，给女儿过了个生日。啥也没想，今天又回到了乌鲁木齐，又回到了“八楼”，685 房间，还是那个味儿。

晚 10：00，吃过饭，困了。

2012 年 8 月 18 日

今天画完了最后一张：“东”。

也把别的画改了改，在“西”的远方又加了一个小人。填补填补局部。至此全部“东、南、西、北”都已完成，还学着维语在画上写上了“东、南、西、北”，现在还记得“北”是这样写：“شمال”。知道北是人生第一重要的事。

还剩很多时间，试着画点小画，画布细长，太小，又在纸上勾勾画画，越勾越来劲，一勾就是 15 张，太专注有点虚脱，恶心，马上躺下，虚汗遍身，心中大喜，因为边画边决定了一件大事：我可以不画这些小油画了，因为画幅才 15 cm × 25 cm，太小，没法画出那么多细节，还不如直接洗出 40 cm × 50 cm 的照片，然后在照片上再用丙烯去画，把照片变成绘画，去掉没用的细节，保留无法用绘画表达的细节，对我是件兴奋的新鲜事儿。这样我可以画出许多这样的照片画。

情急出急招儿，很多事都是逼出来的。

2012 年 8 月 19 日

晚上与阿力木江和他的两个朋友吃饭，喝到舒服，聊起宗教，我说些宗教的排他性问题，拜合提亚尔说得很有意思，他说："老子、孔子、佛祖都是先知，别人就以为他以后的人都不是先知，其实穆罕默德的意思是针对宗教信仰的紧迫感发出的心声，上帝不是白胡子干净长袍的老人，上帝是无形的，每个人都有不一样的上帝，你抽烟，你喝酒，你的上帝就抽烟、喝酒呢。宗教的意义就是帮助你找到了你自己。"

人异化了所有的人以及神，为此生权益。

2012 年 8 月 23 日

"东、南、西、北"画完了，挂在乌市展览中心 108 空间，等待后天见人。

两个多月的新疆生活，复杂的社会关系让我也心绪复杂。抛开现实，想念和田的沙尘暴。

（上图）东，300 cm × 250 cm，布面油画
（下图）西，300 cm × 250 cm，布面油画

（上图）南，300 cm × 250 cm，布面油画

（下图）北，300 cm × 250 cm，布面油画

这些天，很高兴

2012 年 10 月 1 日

2011 年，也就是去年 7 月 3 日我画了草图《吃在米兰》和《资本论》，那是在 Massimo 找我办展后想画的一个题目。时隔一年，发生了许多事，有的记得大多数已经糊涂了。昨天真的来到了米兰。今天去了 Massimo 画廊，画画的空间已经为我租好，鸭蛋形的画框也如约做好。很干净的空间，很干净的画框，我想这可怎么吃啊，出来到院子里抽烟，草地上有几只很大的蘑菇，我抓起来，闻了闻好香，转身回到空房子，对着 Laura 说，你就这样，我边用蘑菇在画布上画边说：你就这样把桌子掀翻，五个男人坐在边上傻看着，然后我就在画布上用蘑菇写着："Shit man，I love you."

我觉得这样画比原来的设想刺激许多，谢谢这堆蘑菇。

基本想法落定，就出来吃午饭了，吃完饭，前台有一盒子糖，拿起一只，上面写着"Frat man"，真是天助我也。

2012 年 10 月 4 日

梦见胡哥偕夫人来了我家，胡哥很安静，有些伤感地和我坐在一起，妈妈拉着胡夫人的手，热乎啦地坐在对面的沙发上，执意要留人家吃饭，胡夫人很客气婉拒，我也埋怨妈妈不要热情得让人家为难，那是多大的领导呀，坐坐就不错啦。

胡哥说你要画我光膀子吗？我说那倒不必，西服里光着膀子也太不像话了，你就站着就行了，这样显得被一普通画家画着，就意味着平等民生了。胡哥要走了，我问车队在哪儿？他说在朝阳市呢，离这儿还有两小时路程。胡哥是避开车队偶然来到我家的。我说那就开我车去朝阳吧。胡哥走的时候变成了像袁伟民一样的长相，像个普通的县委书记。

我醒了，一定要接着梦下去，转个身，真的接上了这个梦——过两天，胡夫人又来了，一个人。说胡哥出车祸了，我说那得报警啊，胡夫人说不用了，都处理好了，我便不好多事，心想也许他就此去了哪里不愿与人道。

车座上有血迹，我心想胡夫人应该换个车皮座，别人就不知道出事了，心太粗了。我带着杨波去洗车，前面正好有个“洗泪泪”车行。洗了，洗车工跑来说车里有个尸体，我说那得报警啊，洗车工说不用，小事一桩，我仍然坚持报警，警察来了，要检查车里，我后悔了，吓醒了。

再也没接着梦下去。

2012 年 10 月 5 日

今天开始画啦。Laura 和另外五个男的都到齐了。在 MCD 画廊对过的空屋子里，雪白的墙前面是雪白的桌布，上面摆好了菜，意大利人天生会美，菜摆得非常好看。他们吃着，我们在边上的窗台下也吃着三明治。看他们吃完我让 Laura 一点点掀桌子，瓶子、盘子、水果、剩菜，有的稀里哗啦落到地上，碎了，有的还停在桌上。我立刻叫停，就这样，垫好桌子，就这个角度，开画。

勾完每个人的轮廓，就将画布平铺地上，在上面乱画，画完解气痛快，但心中也堵得慌，因为桌布的白和后面墙面的白太难区分了，都画成黄绿倾向的白了，很难办，看看明天立起来是什么样再说吧。

他们要收拾残局，说这些吃的会臭的，我说先臭着吧，我还得画它们呢，多么天然的静物啊。

2012 年 10 月 7 日

三蒂回北京了，迷恋不舍米兰，这里有好空气好食物。她不喜欢北京的“白”天气。

画的食物烂了，腐臭味招来许多蚊子，我是越出汗蚊子越爱吃我。食物的臭味充满我的鼻腔，中午饭都无法下咽。

2012 年 10 月 8 日

今天是 Laura 生日，也画完了她，很开心。还给她画了张素描送给她作生日礼物。亮亮在窗口吹起了萨克斯，他在米兰留学学音乐，是喻红表哥的儿子，管我叫姑父。

2012 年 10 月 9 日

与三蒂通 skype，说正在翻译我画的名字给 Massimo，她说“shit man”的“shit”是不是有点过了。我说那就改成“这些天心情很好”吧，她说行，那就这样了，这次画作就叫这些天心情很好一二三四五……

下午没画人，画了静物，腐臭的食物扔掉了，我画杯杯盘盘，很好，

这些天，很高兴，300 cm × 250 cm，布面油画

画面充实许多，我也充实许多，桌布的白渐渐地脱开了背景的白，等人物的黑装画完一定能挤出非常出色的白。傍晚骑车回来还在开心中，这些天两点一线，从家到画廊，每天骑车一个来回，真喜欢这种简单的日子。晚上吃大餐，小佟去唐人街买了涮羊肉，昨天包饺子，今天涮羊肉，天天大吃小醉，还买了天津高粱酒，中国就剩下这酒是真粮食酒啦。

2012 年 10 月 10 日

回答 Ron Warren 转发的问题 :

1. Date and place of birth:

1963 年 11 月 17 日生于中国辽宁金城镇。

2. Residence:

北京，中国。

3. Could you tell us a bit about your background? Where you from an artistic (or completely non-artistic) background?

11 岁时被小学美术组选中，从此业余学画。17 岁考取中央美院附中。父母是造纸厂工人。

4. Do you remember the first time you told yourself "I think I want to be an artist"?

我想从 1980 年 17 岁考取中央美院附中就开始职业生涯了，从那天起我想我能成为一个艺术家。

5. Did you go to art school? How was that?

中央美院附中是艺术高中，是当时最活跃的美术教育学校，那里有几乎与世界同步的艺术书籍和杂志。1984 年毕业考取了中央美院油画系，在中国这里是最好的 figurative painting 教育基地。

6. Did you attend life drawing classes? Do you feel that they useful?

从 1980 年到 1988 年的八年艺术教育几乎天天是 life drawing classes，我觉得对于艺术家准确判断比例、空间、色彩都是非常有益的。

7. How did you develop your current technique?

长期的 painting from life 对于我的色彩和空间塑造有很大作用，使我能用油画材料准确表达我的思想。

8. Do you painting from life, or from photographs, memory?

是的，我的大量作品是 painting from life，当然有时也根据一些自己拍的照片，通常我不凭记忆画画。

9. How did you develop your own personal style? Did it come naturally, quickly, or did it take a lot of work, some wrong turns?

我想是通过大量的作品慢慢自然地发展自己的艺术语言。

10. Did other painters inspire you? Which ones?

画家是艺术史上的一环，就像锁链中的一环。长长的艺术史的任何一环都对我产生影响，无论喜欢还是厌恶都是我的资源，无法从中挑选任何一位，是环环影响的关系。

11. What materials do you work with?

油彩、水墨、丙烯等主要绘画材料。当然有时我也会随手拿起身边任何东西作画。

12. What are your favourite subjects? Why?

人。因为人是复杂的，难以穷尽。

13. Do you work in series?

一个项目就形成了一个系列。

14. When do you decide that a picture actually works and decide to stop?

像吃饭一样，吃饱为止。吃到 80%饱是最好的。

15. Do you always work from a studio?

有时在工作室内完成作品，近些年更多是在野外临时画棚中作画。

16. How do ideas come about?

我的 ideas 都从日常生活中来，日常的烦恼和复杂常常给我灵感。

17. How do you see the role of figurative painting today in the age of photoshop?

在 photoshop 时代，绘画更显奢侈，因为它需要真实的手感，绘画不仅仅是图像，它更是手感留下的痕迹。

18. Does painting still have a role in terms of shaping up contemporary culture?

在 contemporary culture 中绘画是很危险的行业，因为它太容易被商业化了，从而失去针对当代文化的快速反应和力量。但我认为越是危险越存在着更大的能量，这要看每个艺术家的态度和原则。

19. How would you define, in your own words, what it is that you do?

我讨厌但是留恋这个世界，这是我从事 figurative painting 的最简单的原因。

20. Can painting still capture contemporary reality? The urgency and complexity of the real?

Painting 是当代艺术中最古老的形式。无论什么艺术形式都可以揭示真实。画家的历史是形成自己风格的历史，一旦形成风格就很难对当代社会形成直接的反映。所以个人风格是危险的。要揭示真实就要随时破坏自己的风格。这是画家最难处理的问题。

21. Does painting still have a social political role to play?

绘画依然能扮演社会政治角色。

22. Has a news story ever sparked off a painting or a series of paintings?

说起故事太长了，这次就别谈了。我最近已完成的项目是 Hotan Project。

23. How would you position your work in relationship to the tradition of portrait painting?

我的肖像画和传统的肖像画的相同之处是面对人而画，不同的是我的肖像画没有具体的服务目的。

24. Do the lives of those around you inspire, interest or intrigue you as a painter?

作为画家我像个天生饥饿的人，看什么都好吃，画什么都有兴趣。日常所见所闻都能刺激我用绘画表达我的思想。

2012 年 10 月 11 日

这些天已完成了三个人。

有时画得太紧，很别扭，有时打开了，很舒服。

2012 年 10 月 15 日

今天画完了“这些天心情很好”的第一张，这也是这批画最大的一张。丹丹也从北京到了米兰，这是她第一次出国，很高兴。我们一起骑车去了米兰大教堂，下完雨，天很冷。丹丹给我带来了莫言的书，今年 10 月 11 日他获得了诺贝尔文学奖，2010 年 10 月 8 日，另一个中国人获得了和平奖，那时我在家乡画《金城小子》，据说他也在我的家附近。

2012 年 10 月 19 日

今天我遇到很大的难题。要不要在现有的画上加点东西？

2012 年 10 月 21 日

难题慢慢化解的办法是耐心和更短时间内的判断。

2012 年 10 月 22 日

回答李烟转述的问题：

1. Why does you choose to work with Massimo?

两年多前，Massimo 来我工作室，像以前就认识的朋友，没聊什么正经事，看了看，临走我送了他我各种版本的画册。

一年多前，他又来了，问我愿不愿和“Ming”（严培明）在他的画廊办双个展，我说行。事隔半月，他又来了问我画什么，我说画站在桌子上的狂欢吧，给他看了设想草图。他说可以在米兰找个破旧的歌剧院让我在那里画。

地球人大都喜欢意大利，我更喜欢，因为不管今天的政治经济状况如何，意大利依然有着农牧业社会遗留下来的人性，同时轻松地引领世界时尚潮流。意大利人天生都是艺术家，鉴赏力好，看普通家庭摆设和任何角落的橱窗就会领悟到这一点。

Massimo 是意大利最牛逼的画廊，我当然很愿意有这样的合作机会。

2. Any interesting experience in Milano rather than other places you have been?

在米兰我和我的小团队天天骑单车，20 分钟从住处到工作地点，每天两点一线，日常生活。如果把日常生活当成艺术行为，我觉着这是最有趣的。

3. As a “moving photograph studio”, focus on reality, how could you work with a very conceptual western gallery, what is the difference from Chinese galleries?

和西方观念性很强的画廊合作，使我们彼此互为先锋，他们会用绘画之外的眼光琢磨绘画行为，而我会用农民的眼光误读他们的观念。有点像两个结巴打交道，这种交道本身充满悬念、魅力和幽默。况且我的工作方向之一是努力填平各门艺术之间的人为的鸿沟。

4. As the professor of the top Chinese Art Academy, how do you think of Ming’s work?

作为教授，Ming 要考中央美院我得告诉他不画色彩是考不上的。

作为同行，我崇拜严培明，他是李小龙，他单打独斗，独领风骚，大气磅礴，气吞山河，同时又谦和厚道，懂人情之冷暖，识艺术之短长。

2012 年 10 月 24 日

不管有多大难题，我还是几乎画完了第六张小画，这六张里只有一张是静物，那是那天收拾腐臭食物时随手扔在地上的食物，没来得及拿走时我就让他们别动了，我要画一张，这是天赐的静物。其他五张都是女孩和食物的组合。画女孩和女孩的间歇时我会反复画这幅静物，很难画出新意，中途几次想扔了或拿调色板把它抹乱了，总是心软，幸存着，结果最后还是画好了这张静物。叫它“茄子”吧，至少嘴形让人高兴点。其他的女孩的肖像我想就叫她们各自的名字吧，但是是她们名字翻译成中文的意思，比如有个女孩叫 Stalla，翻译过来是天上的星星，那就叫它“星星”啦，再翻译回去，可能她的名字叫 Star 啦。还有个名字叫 Fiammetta（小火苗）翻译回去可能就叫 Little Fire 啦。

这些女孩肖像给我很多难题，当然画女孩时我都担心把人画丑了不好，另外我不熟悉她们，太漂亮的洋妞画不好就真成商品画上的洋娃娃啦，如何把她们画得有“意思”是我每天的难题。毕竟我不是来画订制肖像的。在每天几经绝望、几经怀疑、几经懊恼中，凭借耐心和瞬间下笔判断还是终于挽救了这几张“危险”的肖像。绘画已经是“危险”的事情，何况这么传统的漂亮女孩肖像，元芳，你懂吧？

还剩最后一张小画没开始呢，我想在 28 号前一定画完它，那天红孩儿我的女儿就来了，她已经在“丑得”上学两月了。画完画像做完了家庭作业的孩子，剩下的都是开心的玩儿啦。

2012 年 10 月 26 日

今天画最后一张，下雨了。小佟买了伞来，没有雨衣，街上也没看到过穿雨衣的人。我们只好一手持伞一手持车，骑车到画廊。天太暗，只好开灯画，最后一张只能是灯下作业了。灯下作业就是越画越古典，本来想画抓头发吃八爪鱼的样子，也只能托腮发呆凝思状了。

明天老婆孩子就都来了。我要停笔了，陪她们逛店，看博物馆，我还要骑车带她们穿梭我曾经穿梭过的老街小巷。米兰，我骑车逛得最多的城市，下次再来但愿还有自行车。

巴以之间

2013 年 2 月 12 日

大年初三，想着四月份要去以色列，一头雾水，查看地图。这个小地方一直没有安静过，打来打去，从小看的《新闻联播》里就天天有它，耳朵听出了茧子，像催眠曲一样，搞不清内容但一直伴你入睡。

为了要去，才勉强懂点以色列：

好像跟北京大小差不多，一千万左右人口，有一百万穆斯林，有正统犹太人，有俄国犹太人，有埃塞俄比亚犹太人，有阿拉伯犹太人。文化混杂多元，因为二次阿拉伯人起义，使得各族人民互不信任，打来打去。

正统犹太人男的每天读经，女的上班干活养家。

以色列高科技上市公司数量排第二，美国第一。

以色列和巴勒斯坦之间有墙。

耶路撒冷到底属于谁呢，到了就会更清楚一点吧。

犹太人和犹太人爱聊天，陌生的犹太人之间很快就聊成一锅粥了，越拍桌子说明聊得越好。

以色列绝对不允许巴勒斯坦拥有任何大规模杀伤性武器。

人肉炸弹是没法预防的，所以以色列人爱谈恋爱，爱在家里做爱。

以色列有妓女。

2013 年 2 月 15 日

晚上看着 Sophie Fiennes 的片子 *Hoover Street Revival*，看到一黑人妇女受洗的过程，她被浸到洗澡盆的一瞬间定格，将是一幅绘画，就这一瞬间。之前、之后都是影像。

想着七月份将去伦敦作画两个月。我想两个月内成为那里的日常生活一部分很重要。

如果那被画的两个酒吧服务生能够更多地给我共享他们的日常生活，我将用丙烯速写他们，照相他们，然后挑选那“一瞬间”——绘画的瞬间，在 Lisson 提供给我的空间中完成油画。

展出时有现在彩色速写、涂改的照片和油画，三位一体，共呈生命片段。

2013 年 4 月 12 日

昨晚呕吐半夜，今天稍感好转。我是前天忽感胃疼，疼得要命，近两年每次外出都会得病，好像每次都需要换个身体以适应新的环境。

我带着杨波、施谦儿和三蒂 9 号晚 10：00 上了飞往以色列的飞机。办登机票前就被问许多问题，你和他等等什么时间最后见面的什么的。登机前又被检查所有行李，飞机就是晚点也必须等以色列安全人员检查所有乘客。飞机服务还不如国航，放倒的躺椅分好几段，无法侧身平躺，吃了片安眠药才睡过去。凌晨4:00到达特拉维夫机场。

出租车半小时不到路程把我们拉到一个小街道的小房子前，要价 160 美元，比美国贵。房子三层，一百年前在美国做好的直接海运这里组装，木质的，不隔音。杨波、谦儿住顶层阁楼，我和三蒂住二层的两个房间，一楼是客厅、厨房，还有一个小工作室。主人是个雕刻家，墙上有他的画，没什么色彩感，都是抽象的形，前后两小院也是他的石头雕刻。房价每月 2 万 Shekel，合美元 5500。

我们洗洗睡，直到上午 11：00，来人接我们去美术馆，路过海，地中海，浪很大，阳光很亮，很像古巴，房子还没有古巴的房子壮实，远处有高楼，新的。路过市场，人很多，卖小吃、布料什么的。吃了一老太太的煎饼果子，喝了她儿子的蔬菜水果水，去换了点钱，1 美元 3.6 Shekel。

穿过这些破房子乱瓦，乘 18 路公汽直达美术馆。矮的石头的房子，和世界一样的简约空间。我的画将在这儿展出，正在装修新的空间。路过时看了看藏品，有毕加索等人的早期不错的作品。没看太多，因为已经觉着累了。

晚饭我们去老城加法的路上吃了肉，牛排，先上一桌像韩餐一样的大盘小盘前菜，扑满一桌，等吃到牛排已经饱了。

夜景的老城很神秘，山顶上有人结婚吧，乐队很响彻，背着天大的号，吹着、跳着，古堡是千年前的吧，看牌子写明这里有四千年的历史。俯瞰黑色的地中海。巨大的蝙蝠在另一个古堡里飞旋。

回到住处，有点胃疼，想想明天会好的，喝点酒，睡了，明早 8：00 要去耶路撒冷。

上车，胃还疼，昏昏睡到耶路撒冷。

到了 Yad Vashem 犹太大屠杀纪念馆，三角形建筑，进门左侧是山角墙上的犹太人过去美好生活的录影，右侧长长的每种展厅里都

巴以之间6，30 cm × 20 cm × 2，布面油画

是二战期间的屠杀，观众太多，有学生有士兵，我的胃疼得不行了，只能匆匆过去，坐在院子里不能动了。找到当地带我们的人，她直接拉我去了医院，犹太大夫跟中国大夫一样，量血压，摸肚皮，说是吃了不好的食物，吃点药吧，我好想让他打吊针，这要是在老家一瓶吊针肯定好。

吃了药，更疼。

回来路上是巴勒斯坦区，只有这条高速是以色列的，路边是高墙，铁丝网。远处的山上都是房子，乳白的石头，黑窗户，像以色列希伯来语的字母，松树也像犹太人的带弯儿的头发，真是一方水土养育一方人啊，这里的一切都长到一块去了，像极了。

晚上吃了米饭西红柿鸡蛋，睡了，疼，胃疼，跟喻红视频，说每隔 20 秒，胃抽筋一下，疼死了，她说这跟宫缩一个样子。妈的又扯到她怀孕我没好好照顾那段历史去了。

半夜，吐了，早晨稍感好转。

2013 年 4 月 13 日

早 8：00 出租车在门口等着，我们将去以色列北部。沿地中海海岸线北上，到了恺撒利亚（Caesarea），几尊古罗马雕像，白的，立在古墙外，古墙的那面就是露天剧场。散落很多柱石，在荒野中、在美丽的海边。还有很长很长的古代水渠。还有斗兽场赛马场遗址。

沿着海又开到海法（Haifa），大城市，四周环海，有一公园叫巴哈伊花园（The Bahai Gardens），这是一个 18 世纪新起的宗教 Bahai 的公园，是个青年人发起的，他说他是上帝的信使，他信仰爱、和谐和美，相信各大宗教将会大同，将会融为一家。公园从山上到山下，完全对称，左右花草树木完全对称，主要有红色、黄色、紫色和绿色。

建筑是伊斯兰的绿色屋顶配以古罗马和洛可可柱式殿堂。主教堂像今天美国国会大楼，里面正中是中国花瓶。

花园天堂般 19 世纪的美丽。

路边吃了麦当劳，接着北上入中部，在拿撒勒（Nazareth），这个以色列内阿拉伯山城转来转去，山路都比旧金山险峻许多。有个巨大的教堂，是耶稣妈妈玛利亚的原住址，教堂下面有几块石头以证明她曾经的住所。耶稣在此被怀上了，玛利亚南走耶路撒冷的途中生下耶稣。

在去加利利海边的路上还看到了耶稣开悟的馒头山，圆圆的，祥和地镶在以色列滴水灌溉的大片农田上。

司机拐了个弯，把我们带到一个村庄的博物馆门前，女馆长带我们参观这座不用灯光全靠天窗日光的博物馆，这是布卡斯社区，全以色列有一两百处，是 1908 开创的，就是我们说的共产主义社会，全村人吃住全由社区提供，所有社员的工作，有的在牛奶厂，有的在山脚的河里打鱼，有的种地，等等，他们工作的收入全归社区统一分配。我们进了一个老人家，有挂钟、座钟、缝纫机、马灯，等等，小孩在有牛羊味道的房前房里房后玩耍，今天没孩子，院内外都是破旧的沙发、农具、旧电器，这些都是他们的玩具。

全社员吃饭经常在大食堂吃大锅饭。一家一栋有院子的房子，阳光照到的地方都是祥和。电瓶车随便在路边，这是给老人随时用的代步工具。

年轻人外出上大学，不愿回来了，有回来的，也想发展资本主义。

女馆长很耐心，藏品也很好。中国木刻五十年前曾在此展出。

在去加利利海的路上我们还看到了约旦河，很小，那么有名的约旦河原来像个小水沟，很小，很小。河对岸远处的山就是约旦了，约旦很穷，95% 是沙漠，我问那他们不往以色列跑吗，司机说，以色列和约旦关系很好，他们可以随时跑来，但他们是阿拉伯族，他们更愿意往阿拉伯世界跑。我这个中国人以为世界人民都愿意往富裕地区跑，没想着还有很大一部分人是愿意往信仰方向跑的。我们这些贪婪的人应该谢谢他们。

我们到了一个公园，公园边上是小约旦河，耶稣在这个小河沟里受洗，就像公园墙上镶嵌的各种语言写的，耶稣受洗时看到天空裂开了，有一只鸽子飞到他的肩上，天空中有声音传来：你是我的爱子，我喜悦你。

到了加利利海已是傍晚，霞光照在一块石碑上，上面是海拔为零的标记，石碑后边，远远的下面是加利利海，像湖一样平静，耶稣曾经在此海上行走，并且把五个大麦饼和两条鱼变成千万块面包和鱼分给百姓。

2013 年 4 月 14 日

早晨 8：45，司机又在门口等我们，我们今天再去耶路撒冷。上次去我病了。

耶路撒冷老城很小，有围墙。我们沿着耶稣受难的十四处行走，有背上十字架的地方，有摔倒的地方，有人帮助他的地方，有他手扶墙的地方，有判他死刑的地方，这地方现在是教堂里面了（原来都是户外的山上），里面有一块石板，耶稣死后在此裹上衣服，还有死时山崩地裂的山石，他的血顺着石缝流下来。教堂里面还有像教堂的小建筑，这是耶稣的墓地。

出来教堂，沿街都是穆斯林的店铺，各种新老旧物青菜水果，像新疆的大巴扎。

沿胡同上行，透过修补的墙缝我们看到了哭墙，Western Wall，很高，很大的石头。这里原是犹太教堂，被毁后剩下这堵墙，上面七层地下七层，七层上面都是后来土耳其人新修的。

我们下来走近哭墙，要戴帽子的。犹太士兵和百姓一样贴着哭墙祈祷，还把小纸条塞到石缝间。我也贴上去，手里有个鸡蛋，这是我怕胃疼的随时吃品，在墙上我磕了这个鸡蛋，回头分给了杨波、施谦，说了句我给你们祈福了啊。怎么中国人总是像去庙里一样到哪都这习惯呢?

中午饭是三蒂带我们来到她妈妈的朋友家吃的，没想到这对美国老夫妻住在宗教圣地的正中心，上了他们家楼平台，左边伊斯兰清真寺的高塔，右边基督教堂的圆顶和大大的十字架，还有前方伊斯兰三大之一的金顶清真寺。这些圣物间是繁杂的民居，他们没有因圣物的存在而强拆任何民居，他们相拥相衬，互为依存。

不可思议，我突然想画这个顶楼，这是这些天来唯一要画的地方。主人是基督徒，他们从事各宗教间融合相处的工作，他们有犹太朋友有穆斯林朋友，我说能把他们家庭请到这个屋顶吃饭吗，如果能那将是天赐神机。女主人爱写故事，我说你写故事，我画画，我们合作在特拉维夫美术馆展出怎么样，她说想想，给点时间。

我等不及呀，真希望她能合作。

“这是我吃过的最难忘的午餐”，这是临别我写给她的留言。

下午换了司机，他将带我们去巴勒斯坦。穿着拥堵的马路，很快就到巴勒斯坦关卡，没看护照就让我们进去了。以色列的车是不能进去的，出租车可以。过了关口就是扬尘四起的巴勒斯坦。他们喜欢中国人,脸上的笑容都写着。这些天我没有感到以巴之间的紧张，就连路边的烧黑了的炮楼儿也只是像旧物一样，无法让我联想以巴的紧张关系。我在中国看了二十多年《新闻联播》，好像天天巴以打架，到了巴以怎么看不到呢，很多宗教各种人都生活在小小的耶路撒冷，没有任何别扭。

是不是新闻或者艺术永远遮蔽着现实呢，或者说任何事物都是庞大现实世界里的一颗灰尘呢？

在联合国造的难民营边上我们见到一个中年人，胖胖的，他是巴勒斯坦国际艺术学院的校长，名字叫Khaled Hourani，我们就叫哈力。

哈力的学校很小，一座小楼，有三十多个学生，不是政府出钱，也不收学费，是挪威国出资的艺术学校，有来自各国的教授来上课，他还展过一张毕加索的画，两个实弹战士一尺之内守着毕加索，犯人临摹的毕加索像犯人自己，这些作品参加了上届卡塞尔。

哈力带我们去难民营，那里有一小屋是他学生的画室，一男一女，男的画画，女的搞行为，墙上还有她扮装日本女子的行为照片。哈力买了件他们的小作品，是铁做的小玩具自行车，用了五十以币，我懂得他的用意，用两百以币买了一个小包还送一个小包，大点的能装 iPad，小点能装 iPhone。我还说我愿意买那沙漏，那是一个学生用巴以之间的墙磨成粉末放在时间的沙漏里，他打完电话告诉我一千美金。然后他又带我们转了市中心，很像中国的县城，他说都是中国造的，连德国香肠里的肉也是中国的。他请我们吃了小甜饼，是奶酪的，还看了阿拉法特的墓穴，这是个非常当代的极简建筑群。一个单独的房子，四周大玻璃，里面静静的石棺，上面是阿拉伯长长的文字。

临别，我咬牙还是买下了那个沙漏，不仅因为这次以色列之行现金不足，还怕把孩子惯坏了，毕竟是一个学生作业。

怀抱易碎的时钟沙漏，里面的沙是巴以的墙，这是一个出色的作品。

回去的路上，司机迷路了，他想去另一条回以色列的路。我们穿行在巴勒斯坦的山间，山间的房子上都有大大的黑色水缸，巴勒斯坦的水来自以色列，每个月以色列都给他们断水一两天。

问来问去终于驶上了正式通往特拉维夫的大路。行驶通畅，没有人，也没有车，整条大路像是仅为我们铺设。

晚霞中，前面是以色列关卡，两个女兵拿着枪，是大大的冲锋枪，要我们护照，女兵很厉害，我们很紧张，我又好想画这个女兵。

过了关卡，这边是以色列了，没有尘土，没有噪音，很多树木，一个正统犹太人悠闲地行走在晚霞里，远处特拉维夫的楼房像曼哈顿的剪影，我住在那儿已经几天了，没有发现那么多楼，巴勒斯坦的半天就让我有了新鲜的眼界，回头望去，巴勒斯坦的山上到处也是以色列的租界区，还有巴勒斯坦的男女老少站在租界区的必经之路，以示抗议。

2013 年 4 月 16 日

昨天上午 11：00，空中有警报长鸣一分钟，这是为了二战逝去的士兵。晚上以色列独立日六十五周年大狂欢。在 City Hall 广场几千人，舞台及歌舞都是县城水平，但人们发自内心地高兴，载歌载舞，正统犹太教的一支是极乐派吧，汽车上上下下都是狂舞，低音炮把汽车震得直晃。这些留着长发胡子的犹太人穿着传统服装摇滚得极尽疯狂。

今天下午又去海边，狂欢仍在继续，许多家庭在海边烧烤，正统犹太的摇滚车在街边依然狂舞。烧烤的家庭还邀我们在风中吃牛排喝啤酒。傍晚回到住处，邻居也在路边烧烤，又请我们吃鸡肝、鸡翅和牛排，我拿来中国白酒，他们越喝越上瘾。

就像书上写的，以色列犹太人是享受当下的人，因为他们身边随时有太多的危险。邻居酒后告诉我们，他们面对人肉炸弹，即使孩子被炸死也不能多说多做什么，警察会抓的。另一面，一个阿拉伯裔出租司机告诉我们，这里以前都叫阿拉伯，1948 年才开始叫以色列国。

怎么办呢，这里有太多的上帝，到处都是神迹。

2013 年 4 月 17 日

早 9：00 出发去希伯伦，巴勒斯坦最大城市，十六万人，八百多以色列人，六百多以军士兵，这里被以军宵禁占领。

空城，也叫鬼城，没人。一个叫人性底线的组织带我们和德国媒体一行来到这里。组织者犹太人讲解这里的历史。这里是犹太祖宗亚伯拉罕的墓地，当年上帝告诉亚伯拉罕说这里是犹太人天地，他就带着犹太人来到这里繁衍生息。

1929 年阿拉伯屠杀犹太人在此。

1948 年犹太独立后慢慢占领此地。

现在这里的巴勒斯坦人宵禁在家，大部分人已被赶到市外，仅有的一些人只能从房顶开个小洞爬出去走后门。前门的街上是不允许他们出入的。

我们沿街游走，每个关键的街口或房顶都有以军士兵实弹荷枪，装甲吉普车轰鸣而过。门被铁皮封着，窗户都是铁网，小街区里还有到处扔弃的塑料椅子，野猫穿来穿去，铁丝网横在路边。

士兵走来走去，喝着咖啡抽着烟，也允许我们乱拍，只是不能靠太近。我们走过多条空寂的街道，这里的九十年代曾经热闹非凡，

巴以之间18，30 cm×20 cm×2，布面油画

带领我们的组织者当时还是以军士兵，他举着巴勒斯坦曾经热闹的市井生活照对比着今天的残酷现实。

沿街上行，崎岖小路上了山坡，侧望过去满山瓦砾小屋，铺满山上山下，环绕四周，壮观悦目耀眼，但是空无一人。

山坡有一小房，房前空地小息，组织者从巴勒斯坦小伙手中接过三明治分给我们，同时也分给我们一些材料，上面是以兵如何殴打巴勒斯坦小孩，十岁的，十三岁的，十五岁的，被布蒙着眼，几个以兵围堵着。一个巴勒斯坦中年给我们讲着他的鼻子如何被以兵打歪，他的孩子如何被以兵带走。另几个巴勒斯坦小伙在房前抽着水烟，一声不吭。房子的墙上写着“This is Palestine”，房后就是一个以兵的小岗哨，巴人不能过去。

我没见过如此大的空城，没想到以色列人如此对待巴勒斯坦人。也没想到反对以色列政府和军队行为的组织者是犹太人。回来的路上，被以兵拦下，用枪指着我们问车里有没有穆斯林。海关关卡不仅检查所有行李，还用军犬嗅遍全车里外。

我们一车无语，看着窗外的山坡由都是秃石慢慢过渡到松树满山，知道已经从巴勒斯坦回到了以色列。我问司机是犹太人吗，他说不，我是阿拉伯人。

2013 年 4 月 17 日

开始画第一张画，很小，20 cm × 30 cm 的一对儿。画一个犹太女孩的侧面，手捧着旧约圣经，几乎贴上了眼睛，背景是哭墙。

比较紧张，也许以后的画不紧张但没有这张诚恳呢。

睡觉前看到墙角的书柜上有本影集，想是主人常看的。旧旧的，厚厚的。一共八页，十六张照片。扉页上写着 Doreen Foghel 和 Jacob

巴以之间10，30 cm × 20 cm × 2，布面油画

巴以之间19，150 cm × 140 cm，布面油画

Fridman 的结婚日期是 1972 年 8 月 20 日 6：30pm。第一张是美丽的新娘白纱白花半身像，第二张她和新郎，这才知道她很小巧，比男人矮一头。看上去乡村般的单纯。第三张新郎，不屑的才华样子。第五、六、七是和父母合影。第八张父母挽着新郎入教堂，第九张新郎挽着新娘，第十张老父母合影，十一是新郎新娘切蛋糕，十二是父母合舞，十三新娘与父合舞，十四新郎与母合舞，十五众人扛着新娘前行，十六家族三四十人大合影。最后一张新郎搂着新娘回头微笑，像是谢幕。美极了，褪了色的照片。

想起前些天去的犹太大屠杀纪念馆，那里有很多这样的家庭，曾经一样的快乐温馨，二战被纳粹消失在人间，可能连这样的影集也留不下几本。

又想起昨天去的希伯伦，巴勒斯坦人的家庭是不是也是这样，他们被迫离开以色列占领区，家里是否还有这样温馨的影集，还是这样的生活只能变成了回忆？

2013 年 5 月 1 日

劳动节，这里也休息，不知道是否也叫五一国际劳动节。

最后一张画是女兵，在我们住处门口画完的。枪是根据其他女兵照片画上去的。怀抱长枪站在一片平常的风景前，天空冒烟，那天正好是火节，百姓可在任何空地放火。

至此画完全部作品，小画 30 cm × 20 cm × 2 共十八件，大画 150 cm × 40 cm 一件。

从 17 号到现在，这些天几乎没出门，都在小小的工作室画画，早晨 10：00 站到下午 2：00，吃午饭，下午三点多站到晚上 8：00，站着画完这批小画。一半画的是以色列，一半画的是巴勒斯坦，有头像，有风景，有室内，有人群。只有最后一张大画是写生的，其余都是根据自己的照片画的。画到女兵很不容易，很多人帮我联系，但都无回音，最后还是杨波到邻居家请到了这个女兵，兵的服装是国家的，兵的一切都属于国家，如果有人控告她用国家财产给人当模特儿，她会受到军事法庭提审的。所以画她的时候没有枪，也没有拍照。就当是我编的一张肖像吧。

对了，有一天当地艺术家 Mike 带我们去一趟贝都因人的部落，他们是以色列游牧民族，信奉伊斯兰。路过漫天麦浪，以色列的麦子满山遍野,黄黄的像他们的面包的色彩。到达一片没有麦浪的秃山，那里是贝都因人的居住地，有他们 1910 年代开始的祖坟，他们搭着简易棚子。看到了三个妇女，一个学步小孩，三个成年男子。其中一个妇女九十多岁，脸有文身。一个妇女在烧塑料布，一个妇女大骂政府，因为政府把他们从原始合法居住地赶到这，等到了这又说这里居住不合法，于是军警强拆了他们的住房，铲掉了他们的树木。看来哪里都有强拆。

明天画展将在特拉维夫美术馆开幕，上午押送最后这张画去了美术馆，还看馆藏，像所有西方美术馆，五脏俱全，主要是印象派到毕加索。看到脚软，因为这些天没出门，缺钙，有一天伸懒腰还伸得小脚肚子抽筋了。今天终于注意到阳光了，阳光已经从来时的地中海的春光变成沙漠气候的白光了，夏天了，别忘了这里是中东地区，环绕沙漠，有时沙尘变成粒粒的白光包裹天空，地也是刺眼的白。

晚上饭后睡前，我们坐在小院里，杨波、施谦弹着吉他唱着歌，有时苏联，有时周杰伦，有时何勇，有时张楚，有时是施谦的自编自唱。我喝着酒，像在所有地方一样，享受着艰苦生活过程中的享受。

半条街

2013 年 7 月 17 日

下午 2：00 登机，晚两个小时，睡到伦敦已是傍晚。Greg 接上我和三蒂，住处是蜡像馆附近的公寓一楼。几年前来伦敦就住在这一带。Greg 带我们吃点东西已是晚上 10：00，还是谦逊的 Greg，我都不好意思把相机对准他。

2013 年 7 月 18 日

上午 Rute 带我们去 Lisson 见了很多工作人员。Lisson 空间不大，雇员却有四十多个，不知道他们忙什么，但明白开画廊的“软件”的代价。然后去了我要画的酒吧。酒吧有一百年的历史，墙上都是照片，从国王到球星及百姓朋友。我想画两个在这的工作人员，一个是当地英国人，一个是外来移民。去他们家庭画他们，然后沿着去他们家庭的路上拍照，在照片上再画。酒吧也主要以照片画为主。

2013 年 7 月 19 日

Nicholas 带我们转大街，翻开街边报纸说今天是英国 247 年来最

绿饭馆，225 cm × 220 cm，布面油画

热的一天。是挺热的，出汗了，原以为伦敦很冷。看来带来的皮夹克棉背心是穿不上了。

2013年7月20日

Nicholas又带我们转大街，转了许多饭馆、咖啡馆，有英式的，有阿拉伯式的还有在英国唯一的一家缅甸小馆，是个家庭开的。每转一馆我都拍照，人家可能以为我是要开饭馆的。我看上了两家英式的，主人都不在，两天后才能谈合作事宜，看看是否能在里面画画。我原想在人家家里画画，谈了几个都婉拒，看来很难。

回到原定的酒吧已是傍晚，吃完饭，出门见一老头，修水管的，天天在这喝啤酒，聊上了，看了我的画册，他说感动他了，要带我们去他家看看，他就住在酒吧楼上，得穿过酒吧才能上楼，老板娘拦住了，不让我们上去，很客气地婉拒。估计老头一人住在老板娘的夹层里，应该是不让住人的地方。老头有个女朋友，在乡下，他也不知何时女友能来伦敦，他说他在海边有自己的房子。

看来伦敦的家庭是最难进入的。

Turner和Twombly（给TATE杂志短文）

我认同中国学者阿城对色彩历史的看法。他说：人类从洞岩画到17世纪的一万多年间都是“品色”的历史。“品色”就是从自然矿场、植物中提取的原色，不经相互直接调和画上去。直到17世纪Vermeer的出现，他经过调和的色彩画出了空气中的真实空间。这种经过调和的灰色直到印象派达到顶峰，画家们画出了物体的固有色经过阳光、空气的变化而变化的色彩。这短暂的三百年形成了色彩的“灰色系”。二十世纪当代艺术家打破了“灰色系”，又开始上逆“品色系”，但是今天的艺术家都已经历了“灰色系”的训练,追求的“品色”与原始的“品色”已大有不同。

Turner 和 Twombly 的作品结构都是以圆形为主，气感十足。色彩上都用过很多红色、黄色。Turner 的色彩更多来自自然界的启发，比如清晨或落日的光芒，属于灰色系。而 Twombly 则更多来自其内心需要，直抒内心情怀，主动运用“品色”。

我喜欢 Turner 作品的原因是他的作品有许多抽象因素，海天一色，黄呈一片，有些黑点红点漂浮其中。我想这些因素也许启发了二十世纪热抽象画派和极简主义。我尚不知 Twombly 是否直接受 Turner 的影响，但至少从图像学角度看他们是一脉相承的。

如果说我的作品受他的启发那就是看上去都是一气呵成的，只是我不喜欢那么“热”。

2013 年 7 月 22 日

终于落实了，The Perseverance 饭馆同意我画了，这是个绿色墙壁的英式饭馆，女主人是美国人，丈夫是大厨，像中美洲人，侍员是个伦敦小伙子。还有一只大狗。我像饿坏了的人很想饱餐一顿那样马上就要画他们,但是做画布需要时间,估计大后天就可以开工了。看来,我得改变原来设想,改画两到三家饭馆,两家英式,一家中东的。在饭馆画他们，不去他们家里了。我非常非常期待下两家饭馆同意我画，那将是非常非常激动我心的。

2013 年 7 月 23 日

这些天经常在大街上看见大肚子女人，快生吧，看见他们我就高兴，这么好的城市，这么好的空气，这么自由的社会，多多益善，多多生孩子，你们不生就被我们占领了。清晨，我会在我有限的识路范围内跑到 Regent's Park，太美太大的公园，左边是细长的湖水，有野生的灰色的鹅，还有白色的天鹅，右边是地平线——几十个足球场的草坪和周围的树，树下是一条阴影，Royal Style 就是地平线啊。几个人，几条狗，还有几个壮小伙、硕姑娘跑步，这么好的身体还跑步，锻炼，可惜了你们的骄傲，让我们怎么活呀。

2013 年 7 月 25 日

今天开画。去的路上心情沉郁，每次画前都不自觉地难过，不知会画成什么样子。

画布是 225 cm × 220 cm 的，画具也都搬到了饭馆，拿笔就画，倒是越画越来劲，画画不按常理出牌经常会给我兴奋。

2013 年 7 月 27 日

昨天 Greg 度假回来，Nicholas 带女儿 Kitty、Greg、三蒂和我去一个很当地的意大利餐馆吃饭。餐馆的墙上挂满二十多年没变的单色抽象画。Nicholas 上来就叫女老板给我做裸体模特儿。

女老板光头，平胸，声音沙哑，像小伙子，活蹦乱跳跑来跑去。

我们喝了四瓶红酒。天黑，分手后 Greg 带我和三蒂在路边小馆外又喝了一瓶。好在我们谈出了三个方向，第一，画完现在的绿色饭馆。第二，画那个白色饭馆和中东抽水烟的饭馆。第三，如果第二不行，就找个有钱人家画全家福。

喝得太多，回来就睡了，早晨6：00就又醒了，恶心想吐，忍着到了九点多，没吐。

12：00赶到绿饭馆就开画侍员Dom，这个伦敦小伙被我一口气画到两点多。吃完炸鱼，坐路边要睡着了，其实是累得抬不起了头，而且胸中犯恶。

3：00老板Justin牵狗而来。他也是唯一大厨，像是中美洲西印度群岛的人，肤色像印度人，我把他画得有点像马拉多纳了。其实他是英国人。

画完已是五点多，说好明天上午去他家看看。拍点他和老婆Finn和狗的故事。他老婆Finn很好玩，爱尔兰美国人，家中排行第十一，也就是她上面有十个兄弟姐妹。都抽烟，她从十岁就学哥哥姐姐们抽烟，到现在估计她有三十多岁，不要孩子，她说她看得太多孩子了，她有三十多个侄儿侄女什么的，每年圣诞全家有八十多人聚餐，都是她老公做饭，她姐姐还说：嘿，Justin，你操了我妹妹，你还要不要操我呀。

好可爱的一家人。

2013年7月28日

再一次感谢我肝儿，默默地消散了我的酒，每天晚上都是你让我微带醉意入睡，没有最后一杯我是无法入睡的，祝你长寿，至少送走我，“打扫完我的战场”，你再安然退役。一觉醒来，酒力全无，非常精神。

赶到Finn家里10：30，她住在宽敞的小区，都是阿拉伯人，他们总是晚睡，深夜2：00还带孩子在院里玩闹，有时还直接从窗户往外扔垃圾。我在她家拍了些她和丈夫Justin还有狗狗Matti。然后一起外出遛狗，路过前首相布莱尔家，门前有一持枪警察。Matti 在海德公园的湖里游泳，远处是最著名的海德公园自由演讲角。我拍到许多有趣的照片。

中午又赶到白色饭馆。Nicholas 已经在了，已经谈好让我在这里画一个星期了，画他们的大厨和他的年轻老婆和一岁的孩子。

他是法国人，他的媳妇是波兰人，一家都是蓝色透明的眼睛。

吃过午饭，我和三蒂又去了最早看到的穆斯林餐馆，抽水烟。聊起来才知这里是埃及人开的。他们边抽水烟边大声讨论他们国家的军队和总统。世界很乱，都说过些天就会好了。我们进去餐馆，楼上更好，是人造灯光的天空和吊灯，当然桌椅满堂，无人，在这儿画第三张应该很棒！

下午四点多三蒂帮我找到公汽，我回家，她去陆超和飞飞的家，陆超有个生日 party，他已经帮我画画收拾东西什么的好几天了，这对儿小夫妻很棒，深得大家喜爱。他们的作品也很奇特，将来会出头的。

2013 年 7 月 29 日

早晨起得早，去 Regent's Park 假装跑步，三蒂说早起跑步，会清洗体内的血，我血脂高，不妨试试。

回来过马路，看一亚裔绅士，比想象中英国绅士穿得还绅士，深色格子西装，手中长长的雨伞轻轻拍着地，头上一顶浅沿儿圆礼帽，还冲我有点微笑，他叫"梁……梁……梁……"等我走过街口，"梁家辉！"突然想起他的名字。我喜欢他演的《情人》，这么早穿着晚礼服不是等情人吧，只有丈母娘才起这么早。

去画画的路上还碰见一团人在拍戏，都是亚裔，镜头对准拐角处的女孩，像是关之琳吧，她假装玩手机，好像窥视二奶的密探。巧了，可能今天香港明星来这儿扎堆拍戏呢。

2013 年 7 月 30 日

这两天马不停蹄画 Justin 和 Finn，几乎从上午 11：00 画到下午五点多，效果还不错，Justin 基本完成，就剩下明天画 Finn 的腿了。昨天有记者问我这样画画的目标或者目的是什么，我还真没想好，没什么目的，只是以此度过自己的生命吧。回来一想还真是个大问题，如果严肃地说，我越来越以为今天的艺术家应该参与社会生活。可是我国的艺术教育一直也在强调这点，无论是毛泽东的延安文艺讲话还是后来的文革艺术以及现实主义艺术，我们与他们的差别在哪呢？我不敢多说，也不愿不应该说这说那。我只能说从全球来讲，今天的艺术家的作品给了建筑、装修、工业设计、服装设计等等很多启发，但是好像少有凝结时代、社会的视觉作品。艺术家的影响力变得第一重要，其作品听说一下或看看微信转载的图像就可以了。但是影响力往往会被后人当笑话的。

唉，不说了，太正经了。我这么一点点过着吧，重要的是能马上叫出梁家辉或者梁朝伟的名字，这样至少还能多聊一个朋友。

2013 年 7 月 31 日

今天在 The Perseverance 饭馆的画终于告一段落，写生部分完成了，剩下的我会在 Lisson 空间完善。

这个饭馆的英文名字太长，我叫它绿饭馆吧，或叫伦敦饭馆。下一个叫白饭馆，或叫波兰饭馆。第三个就叫埃及饭馆吧。反正都是来自五湖四海，今天的五湖四海也都不太平。

绿饭馆的女主人 Finn 特别高兴看到自己被画成的样子。她说再也不卖那个人酒了，那个人昨天晚上摸了我的画，把画中她丈夫的衣服摸坏了，我说没事儿，我两笔就改过来了。

可爱的 Finn 和她丈夫 Justin 和狗狗 Matti 高兴地下班回家了。

下午还在画画过程中，纪录片导演 Sophie 来了，Tate 的策展人 Jessica Morgan 也来了，还有曾经买过我的画的收藏家也来看热闹了。Jessica 说现在街上拍电影都没人看，反倒很爱看你画画，我说可不是吗，画画是最老的行当，看当街画画就像看一场戏剧。一张巨大的画布冲入一个小饭馆，像一匹马的闯入，人们照常有吃有喝，说着笑着，我在那一本正经画他们，这不就是一场荒诞的戏剧吗?

这场戏剧的好玩之处就在于 Following the Life。

2013 年 8 月 2 日

这两天有点疯了，去 Chapel，也就是白色饭馆，落笔就画了，第一天画了大部分墙体，第二天就画了厨师的老婆，这位年轻漂亮的波兰小媳妇，画得真好。环境色彩很松软，小媳妇画得很精致。画完又下到地下室拍了许多有趣的照片。上来已经人山人海了。我在画画，人们在跳舞喝酒，Sophie 一空抓拍了许多好玩的镜头。两个世界，一个忙于画，一个忙于喝。都没闲着。

明天再画一天环境，晚上去厨师夫妻在自由市场的烧烤摊位拍点照片。画画越来越打开了，画 high 了算。

2013 年 8 月 3 日

早晨在公园大草坪上又看见那群鸽子，围着一大圈，好像听一只领导在讲话，然后领导飞了，大家也飞了，又都落在另一个地方，围着大圈开始吃饭。

白饭馆，225 cm × 220 cm，布面油画

我又走向河边看天鹅，多好的天鹅肉啊！天鹅却向我游来，小鸭子们也跟过来，小鸭子知道我兜里只有香烟和硬币转身都走了，天鹅还笨笨地等着我。

2013 年 8 月 4 日

今天几乎画完了这个法国小伙 Sebastian，前天也画完了他的漂亮媳妇 Narta，昨天晚上我和陆超去了他们周末烧烤摊儿，那是在高速路桥下的自由市场里，每到周末这里都是重金属音乐和各式各样的年轻人，不醉不归，自由散淡，酒吧部分内外，只是一个简易墙，外面有沙发，有破椅子，还有两个破大床，床单是雪白的，干净的，年轻人有蹲在上面的，有趴在上面谈情说爱的。

他们的汉堡包生意很好，已经小有名气，在网上能查到他们创立的“Cheeky Burger”，每晚能卖三百个左右，原来他媳妇在“白饭馆”做前台经理，有了孩子后辞职照顾孩子，周末做两个晚上的汉堡包，顶上过去一个月的收入。她过去在波兰是学政治的，在政府工作，她觉得无聊就来伦敦，爱上了这个小伙子，两个人都在饭馆做事。她父亲很生气，三年没通话，等她有孩子后，父亲才好起来，看到女儿是真的快乐也就没脾气了。

两口子工作勤奋，动作麻利，向着想象中幸福生活直奔而去。如今有了一岁的儿子 Francis，更是忙得不亦乐乎。在伦敦的小公寓中有各种酒，吃饭将就用银餐具。他们浑身是劲，共同创造自己的快乐生活，做个饭馆老板是他们近期的梦想，这让我想起《金城小子》里的树军夫妇。

从他们家出来已经深夜 1：00，孩子早已入睡，每次他们周末烧烤都请朋友帮忙照顾孩子睡觉，他们还有一只蓝色的猫，Narta 说现在是它的假期，它去学校了。

2013 年 8 月 9 日

这些天一直在“埃及饭馆”等待。穆斯林斋月，8 号才能开斋，开斋了才有人来吃饭。

“埃及饭馆”有很长的历史。二十世纪三十年代是电影院，后来只放艺术电影，再后来是夜总会了，再后来是阿拉伯人聚集的场所，最近这些年才变成了“埃及饭馆”。饭馆一层吃饭，户外吃饭时还可以抽水烟。二层是拱形的顶，有灯光打成蓝色的天空。我想在这个自由的天空下画几个埃及小伙子，身后还有一个大的电视，里面经常播着埃及新闻 —— 一个正在巨变的国家。

很巧，前天中午在二楼有礼拜仪式。Sophie 和我在里面拍摄着，他们祈祷着，也没把我们当外人，很欢迎我们。祈祷结束时我已看中几个小伙子。阿訇非常友善，他也能让我画，只是太忙，要跑好几个祈祷地点，他说他可以 9 号中午来让我画。我高兴极了。昨天已经拍摄了几组小伙子们的照片，Rafek 是大厨助手，小伙子长得像卡拉瓦乔笔下的俊男，另一个 Ahmed 是帅气的饭店服务员 .

今天中午 11：30，阿訇和另一个小伙 Ali 果然来了，他要和 Sophie 及 Greg 谈谈。谈到了 12：00，好像他又不让画了，他说电影会把他和外面抽水烟的人剪到一起，这让他很介意，中午 1：00 他将主持祈祷，最后他决定他只有十分钟时间让我画。我在二楼早已准备好的大画布上没用十分钟就把他勾勒得非常传神，这将是非常棒的画面。同时我也让刚从厨房跑上来的 Rafek 坐好位置，Ali 坐在另一面。阿訇看到油腻的厨子坐在身边，好像突然不高兴了，他挥手拒绝别人拍照。一点多，我们在户外吃饭，他们在二楼祈祷。等待饭菜之机，我又上楼想拍几张照片，像前天那样。阿訇突然指着我，不让拍照。我抱歉地退出二楼，一个小伙马上检查了我的相机，看也没什么，就放行了。忽然又有几个小伙冲下来，要掰开相机，没掰开，Ali 说了情，让我走了。

吃完饭，我先走开了，我想他们出来时没看到我也许就忘了，这事就过去了。刚在另一街口酒吧坐下，Sophie 来电，让我马上回去，阿訇要看着我删除照片。我又回到饭馆，阿訇正和 Sophie 严肃交谈，我在他面前删除了这两天拍他的所有照片，他又让我和 Sophie 签字绝不能用他的影像。他的表情森严，让我恐怖，他的突变让我措手不及，让我心情灰暗。这时已经 3：00 了，没有更多的时间等我犹豫了。我默默走上二楼，我不敢用笔涂掉已经勾好的阿訇，我怕这样显得不敬。我脱掉衬衣，蘸上松节油，轻轻抹去。我不画任何人了，我只画这空空的空间，人工的蓝色天空，自由飞翔的云彩，一个小桌子和它周围四把椅子，还有那已经被关掉的漆黑的电视。

画到 6：00，我拖着一身汗，捡着有松节油和少许油彩的那件衬衣，低头走回住处。

今天伦敦的天气很凉爽，有云也有蓝天 —— 这么好的天气。

2013 年 8 月 10 日

早晨 6：00 我猛然惊醒，再也睡不着了。我不理解阿訇为什么突然变脸，他在训话信徒时不还经常说我们穆斯林是好人，不是坏人，我们穆斯林应该多多与其他人接触、理解。怎么这件事他就变得如此粗暴，容不得别人解释呢？

中午我拖着气软了的双腿和铅块一样重的心走到“埃及饭馆”，继续我的苦旅。中途我心烦意乱，几次想毁掉此画，但又怕这样惹

埃及饭馆，220 cm × 200 cm，布面油画

怒穆斯林，他们会把毁画想成毁他们的面子吧。

Rafek 从厨房又跑上来，笑得很开心，他很喜欢此画，但他问我为什么不画他了，我能说什么呢，心里说你去问你的领导吧。

没画他一直让我心酸。

2013 年 8 月 12 日

女儿今天生日，我给她发了短信 :"我的美丽的女儿，今天是你美丽的生日，可这是英国时间，爸爸忘记中国时间已经过去了。不管它，你是我的女儿我说哪天就哪天，反正你必须天天快乐！老爹。"

下午我去了画廊。《埃及饭馆》已运回画廊,《绿饭馆》、《白饭馆》也早已运回，他们都等着我继续完成，现场很乱，很难确认是否已经画好。他们摆在一起，很强壮，这种强壮来自"色盲"，因为都在昏暗的饭馆画的，色彩格外突兀，本来的土黄的椅子腿成了偏绿的柠檬黄，本来暖灰的人腿的暗部也画成了粉红色。原来在昏暗环境里画的色彩拿到正常光线下都会"色盲"。

剩下的日子，我将局部保留和调整这些画面。

2013 年 8 月 15 日

昨天有两个员工要离开 Lisson 了，Lisson 为这两个人办个小 party，说是小 party，许多员工都来了，满满地站在"绿饭馆"二楼喝酒，每个员工给这两个员工的礼物是各自儿童时期的照片，装订成册，很可爱。屋内是他们的可爱，窗外的广告牌是一列马车行驶在乡村的土路上，车上有男有女，一派旧时代乡间美好图景。

我又见到了 Finn 和 Justin，很温暖。今天画完画，又陪同记者去"白饭馆”，Sebastian 刚跑完步回来，一身大汗，很亲热。

人的日常情感是非常传统的。

2013 年 8 月 20 日

前两天已经彻底完成了三件油画作品。这两天已经开始画照片了。喻红也来了，最焦虑的日子已经过去。我想在 28 号离开之前完成二十四件照片画，每张油画配八张照片画，这样就太对得起展览了。

“伦敦游戏”就要结束了。在这里度过了六个星期，至少熟知了四条路，一条去画廊，另外三条是去“绿饭馆”、“白饭馆”和“埃及饭馆”。去画廊的路我走了 2382 步，另外的路相差不多。在这个有限的范围内——突然想起一句雷锋的话：把我有限的生命投入到无限的可能性中去。

最想的事是：赶快画完，挤出一天时间，坐火车两个小时，到伦敦郊区傻傻地待上一天。

2013 年 8 月 25 日

“伦敦游戏”真的结束了，我叫它“半条街”。一个半月每天为它工作，累到几乎崩溃。

有许多人为它帮忙，就像这个调色板分不清有多少种颜色。

谢谢调色板。

记忆树

2014 年 1 月 17 日

今晚 10：30 到了新加坡。Prudential Eye 奖给我，这是针对亚洲当代艺术的奖项。

十多年前来过新加坡，很热，室内很冷，楼很多。这次来，觉着没那么热，室内空调也没那么冷，高楼的密度也远不及北京、上海、广州了。

出国真舒服，服务很软，很文明。从去年十月至今小半年没这么享受了。

过三天我就去印尼了，从这里直接飞过去，只一个多小时的机程。

去印尼我要画一个家庭舞会，那是七八年前跟刘刚去印尼玩，在一个大藏家家里 party 看到的景象，高高的头发，窈窕的旗袍。她们随着一个小伙子跳杰克逊舞，老男人们在一边走来走去，喝着酒，非常七十年代的装束。

印尼的华人掌握经济，但不太和当地人往来，像生活在汪洋大海的超级豪华游轮里，出门有车，从不在戒备紧张的街道上闲逛。马路上的车道隔离带用水泥围得很高，汽车不可变道行驶的。

印尼人与印尼华人的关系历经磨难，不知现今如何。

2014 年 1 月 20 日

今天下午到印尼雅加达。天气比新加坡热，刚下过雨，潮热有蚊子飞翔。

海平、芳芳来机场接我，路上很堵，汽车走走停停，像是老在辅路上行驶。路边比台湾的摩托还多，像中国南方三级县城，很乱，城乡结合部的景象。乱糟糟景象的远方是 CBD 的高楼。

一个多小时到旅馆。后院有泳池，芳芳说可以在这画，我觉着户外太热，没等画画就热晕了。放下行李就去另一处高楼，那里也有可以让我画画的空间。路上太堵，我睡着了。

高楼里的空间是正在装修的未来的美术馆，四面白墙，没有通空调，很难有我想要画的景象。

转头去芳芳家，又用了一个多小时，到时已天黑，她家是独栋别墅，里面宽大，有日常生活气息，很适合我要画的舞会场景。

晚饭芳芳父母请我们吃海鲜。说起上次来雅加达已是七八年前的事了。

明天再去芳芳家，看看白天的光线。

2014 年 1 月 21 日

昨夜凌晨，一阵轻轻的起床声把我弄醒了，我以为老伴儿怕打扰我才如此轻声，转念一想不对呀，她还没来印尼呢，明明是我一人睡呀。轻轻的脚步声去了厕所，没有水声，一会又回来了，轻轻地钻入被窝，我没敢睁眼，想着芳芳白天说印尼鬼多，在外对树小解时要说声打扰了，每进一个新房间住宿都要敲敲门，打扰了，借宿一下什么的。热带鬼神多，芳芳是印尼华裔，从小就听许多鬼故事。

我迷迷糊糊又睡过去了。没多久又被同样的声响扰醒，我仗胆儿猛甩头睁大眼睛，黎明的曙光在窗帘与地毯之间形成一条毛茸茸的亮亮的横线，什么都没有，室内一片灰白。

中午去了颜料店，挑选了颜料，午饭芳芳带我们去一家印尼风格的餐厅，她说晚饭她从不敢来此，只是中午敢来，因为太阴森森的了。确实很暗，都是鬼神雕刻，墙是黑色的，花瓶是艳蓝的，桌布是血红的，鲜花也是妖妖的，黑墙上还有许多老照片，空间曲折幽深，后院一小块露天，雨水正滴滴答答在热带各种繁密的植物上。

下午又去芳芳家看看白天室内的光线，虽然是豪宅，室内也很暗，画出来恐怕联想不到这里是艳丽的热带，也许热带并非都是艳丽。

傍晚绕红溪游走，十九世纪荷兰人大量屠杀华裔，因为华人想闹独立，被屠五十万。二十世纪六十年代印尼虐杀百万华人，加上九八年排华大开杀戒，被砍死的华人都被扔进这条河里，河水染成了红色，就在市中心。

在唐人街吃的晚饭，回来又用了两个小时，雅加达呀，太堵车了，没见过如此拥堵的，火车道旁站满了人和帐篷，河水泛起各种垃圾，还有人在里钓鱼，小孩也在里玩耍游泳，有一中年男子正在马路边的小沟里洗屁股。火车来了，人们只是示意性地散开一道缝。

回到房间，忘了敲门，又出去再回头敲门，哆哆嗦嗦地说："打扰了，借住一个月，请……"不敢往下说了，最后补上一句"阿弥陀佛"。

2014 年 1 月 23 日

连续几天的雨还没有停的意思。中午 12：00 赶到芳芳家，邀约的贵妇们陆续来了。南洋华侨五六十岁女性的审美可能深受二三十

记忆树，200 cm × 400 cm，布面油画

年代好莱坞电影影响，她们的美凝结在过去的那个时代。

先后来了十来个贵妇，在楼上化妆一个多小时，走下楼，真是画片里的贵妇，高高的头发，拖地艳丽的长裙，首饰都是珍珠、翡翠、钻石，全身上下光彩照人。原本请的舞蹈老师因大雨堵车没到，我先请她们开始跳舞。

没有舞伴，空空地设想着搂着各自的绅士跳舞，这可是不太容易的事。我想画她们独自跳舞，但现场不尽如人意，正愁懵间，舞蹈老师来了，有了救星。我请众妇人学着舞蹈老师的舞步，场面才算有序。

我的眼睛在几种舞姿中选择着合适的姿态，心中在寻找某种幻想。我想着印尼历史上多少次排华的场景，也想着遭受劫难妇女们的无助和恐惧。人也许不会忘记过去，也许也没那么上心，许多事是否树木植物能够有所记忆？

我选择了贵妇空抱舞伴的舞姿。叫它“记忆树”吧。

神鬼的故事多发生在阴潮的南国，是因为稠密的热带雨林隐匿容易，还是树木本来也有记忆？树木的记忆是否正在借助神鬼诉说人间的幸与不幸？

2014 年 1 月 25 日

树在哪？

树是你的眼睛，你要有一双树的眼睛就会这样看待人世。

2014 年 2 月 4 日

1 月 30 号的三十儿下午去了日惹两天，接着去了巴厘岛两天。日惹小城里平房连片，胡同穿线。我想大多数人幻想的童年旧居都是这样的景象吧。街道几乎不用红绿灯，全靠开车的自觉行驶。这里有世界八大奇迹婆罗浮屠旧址，很壮观的八世纪佛教圣地，还有印度教的遗址。

我们住的小客店是院落式的，几个小院连着，热带植物和泳池搭配幽深迷人。晚上听着叽叽的叫声，那是成群的壁虎在叫，我从来不知壁虎会叫，而且如此怪异。刚熟睡就被大喇叭的叫声惊醒，这是凌晨4：00，每天这个时候清真寺的咏经响起，声音之大就像喇叭直接插在你的床头。

巴厘岛的居民90%信奉印度教，不像印尼其他地区都信伊斯兰。这里的人都很温和友好。大街小巷都是神龛、神像，有新有旧融为一体，非常祥和。这里的门都像用刀劈出来的缝，很窄，雕花繁复。

巴厘岛面对的是印度洋，巨浪汹涌。岛上各种热带植物争鲜斗艳。路上也一样几乎不用红绿灯。

昨天夜里回到雅加达，今天接着画我的《记忆树》。

2014年2月8日

昨天和今天我改了改背景，我把一个女子涂掉了，她挡住了远处的门。我原来画了十一个女子，现在是十个女子，我把涂掉的女子改成了男佣，他站在远处的门前，加强了画面的纵深感。这位印尼男佣在昏暗处盯着前景的十个夫人。

还剩三个夫人，需要四五天就该完成了。

2014年2月9日

路上没有侨居华人。骑摩托、走路的都是印尼当地人。华人都在汽车里，汽车开到商场，停下，华人都在大商场里，他们从不在路上行走。

想起刚来时看的《我是杀人魔》。这是英国人拍的一部纪录片，讲的是一个老头和他的朋友们年轻时在六五年如何虐杀共产分子。他用铁丝亲手勒死一千多个共产分子，有时还用桌腿压住共产分子的咽喉，几个人坐在桌上看窗外的足球，偶尔想起一低头，人早已死了。他的朋友有的是杂志总编，就在总编室勒死大量华人，有的是青年团头目，有的还竞选副总统，他们说起当年杀人谈笑风生，当拍摄者问，你就不怕荷兰海牙国际审判吗，他边开车边回答的是：强者为王，王者定规矩。

这位老头表演着当年杀人的样子，也表演着被勒死的场面，他忽然感到了临死的恐惧，当他再回到那个勒死无数华人的阳台上时，他呕吐不止。影片结束在呕吐声中。

印尼反华与六十年代共产分子活动有关，听这里老人讲，当年女共产分子们围坐一圈，把抓到的政府军官围在中间，切掉他的阳具，分吃了。

一个月前雅加达的二十多个华人的庙险些被极端穆斯林全部炸掉。宗教的力量是社会的基础。华侨们真是客居在这里，家里工厂虽然雇佣的都是印尼人，但生活中有严格的界线，不相往来。

2014 年 2 月 12 日

画完了《记忆树》。我把前后两张对调了，重新组合后显得方硬一些，喻红的话讲是抢前了一些，原来那样显得画幅太长而退后一步的感觉。

2014 年 2 月 13 日

今天本该休息，为下两张攒劲儿。上午大太阳，中午太热，就在芳芳家待着了，待着待着就待不住了，又起稿了下两张，一张满地椰子，像满地骷髅，一张红溪河，一盏路灯插在水中。

4：00 到博物馆，没想到 3：00 就关门了。在一酒吧憋到 6：00，再去红溪河，已是天暗了，垃圾遍地，臭气熏天，雨季一过，河水几近干涸，河底、河面、河边全是垃圾。

沿着满街垃圾开往唐人街，那里有个饭馆是跳舞的，没想到在垃圾街上又堵了两个小时，到时已是歌舞升平。跳的是国标、探戈什么的，邓丽君的音乐又把我们拽回了八十年代。

2014 年 2 月 14 日

一口气画完了遍地椰子，前一张画了十一个人，每个人都还一一刻画，轮到这张，好家伙，没人，抡开了算，喷射完毕。明后天稍加补改就成了。

开心，画画是自寻开心。画面也随之有快乐死亡的美意。

情人节，老伴儿要出去走走，不出酒店就知道到处倍儿黑，算了，人家也不喜欢华人，别给人家添乱了，回房玩微信。

新疆又闹了，烧了五辆防暴车，八名闹事者被击毙。

两天前印尼爪哇岛火山爆发，我们曾去过的日惹也满是火山灰，飞机无法起降。

2014 年 2 月 16 日

我养的老虎吃了我两条命，虽然又给了它一些食物，它还是要吃我，这可是我最后一条命了。于是我拿起大锤一下就砸死了它，然后放在大盆里推到水槽下。两天后，老伴儿问我虎呢，我才忙跑到厨房，我真怕没砸死它，它要活过来可就要命了。我从水槽下拽出大盆，虎头虎皮扁平地浸在盆底，我想一定是爸爸也怕老虎活过来就帮我处理掉了老虎。大盆刚露出一半，另一半在黑暗处成片成片地扁平地鱼立着就游了过来，显然也能吃人，肯定是老虎变的，随后走出来的是两只小老虎，一只动画，一只木偶。但显然很快就能长大吃人。我正犹豫是否砸死两只小虎，早起的闹钟惊醒了我。

2014 年 2 月 18 日

已经画好全部三张《记忆树》，一张贵妇舞会，一张椰子，一张红溪。这才有时间看看雅加达几个重要景点。

中午赶到博物馆广场，都是有荷兰殖民风格的老建筑。美术博物馆空旷的大门，里面却是窄的楼围着一圈，三十年代以后的画就零星地挂在这个楼道里，没有空调，有的地方还没有灯。画儿是朴素的，和中国老油画差不多。这围楼道的后几间是瓷器，这是从古代沉船里打捞上来的中国出口瓷。美术馆中间最大的空间是空的，可能留给餐会或者舞会吧。

然后又去了对过的皮影博物馆，印尼名字叫 Wayang。这里有许多许多皮影，木偶，时间应该在百年内吧。

历史博物馆关门。看不到印尼的历史。

回去的路上又去了清真寺，号称世界第三大清真寺。大拱顶的直径是 45 米，这是为了纪念 1945 年印尼独立。这里能同时容纳二十万穆斯林祈祷。现在不是祈祷时间，寺内没多少人，想象中二十万人同时趴在那可真是壮观。

回想这些年还真是画了不少穆斯林地区。2008 年在中国甘肃盐官镇,画了那里的一家穆斯林。2012年画了中国新疆和田挖玉穆斯林。2013年画了巴勒斯坦穆斯林，还画了伦敦穆斯林饭馆。

从大清真寺到芳芳家又堵了一个多小时，下午五点多了，杨波、小佟、谦儿正在闷热的厨房挥汗如雨。他们要做一顿丰盛的北方大餐，感谢芳芳家人一个月来对我们工作的支持。可不是吗，整整一个月我们在芳芳家画画、拍摄，没有一天闲着，可真够烦人的。

大餐有饺子、红烧肉、红烧鱼、白灼大虾、罐闷柴鸡汤、摊鸡蛋、烧茄子、煎扁豆、拍黄瓜。芳芳二姐来了。大姐、哥哥都忙着没来。芳芳爸妈高兴，拍照，边吃边赞，闲下嘴来还宽慰我们：没事儿，你们能来，很高兴，本来这么大房子就我们两口子，很寂寞的。

向南飞

2014 年 8 月 6 日

早晨 5：30 出发，7：30 起飞，去南非。向南飞，在迪拜倒机。迪拜机场里有我见过最奢侈的贵宾吸烟室，这个吸烟室比北京的国航贵宾室还大，对吸烟者给足了尊严，沙发，酒吧，比贵宾室还凉的空调。太奢侈了。牛逼迪拜。有钱。

两小时后又起飞，向南飞，八小时后到约翰内斯堡。南非的机场不像非洲，都是蓝白广告，没有五颜六色。

天已黑，这里是冬天，气温 20 度左右。与北京时差六小时，明早 7：00 继续起飞，应该还是向南飞。

2014 年 8 月 7 日

果然向南飞，飞了一个多小时，到了 Durban，海边城市，上届世界杯就在这儿办的。

南非是九分之一中国的大小，人口三千多万。80%是黑人，20%是白人和印度人等。80%信奉基督或天主教，另外是伊斯兰和佛教，这里是非洲佛教中心。

1652年荷兰开始殖民南非，我很纳闷儿当时几十个荷兰人，一条大船几条枪炮是如何让遍地黑人的南非臣服的。

1760年代法国人开始在此酿酒。

1820年代英国人来了，与荷兰平分南非。

1961年南非成为独立共和国，结束殖民时代。

1994年结束种族隔离政策。

今天白人黑人可以在同一空间共同生活，已经没有过去的紧张气氛。

在Durban海边还有些老建筑。墙上的涂鸦很好看，其中有只手，我让三蒂拍下来，我想用此图配上我手写的“向南飞”作为这本书封面。为出此书，LV安排的日程很紧，每天都会到新的地方，专车及饮食也很到位。

除了拍了一些老街涂鸦，今天我还在海边拍了很多好玩的孩子。

明天早9:00又去哪里，我还不知，反正睁眼看，眨眼拍就是了。

司机说，这里的艾滋病人较多。西非那个埃博拉病毒还没有，但已很紧张。

2014年8月8日

今天去了城里黑人大集市，各种小商品，肉鱼水果，兽皮木雕，杂七杂八，基本不让拍照，我也无心多拍。下午去近郊，拍了点小孩踢球。那些满山遍野的轻装简易房是曼德拉盖的，改变了过去的破铁皮棚户区。

2014年8月9日

今天算是到了非洲，环顾四周，山峦重叠，围着这块树木杂草的丘陵，虽然不是一望无际的非洲草原，但也生长着长颈鹿、角马、野水牛、犀牛和成群的大象，当然远处飞翔着非洲的鹰。为了生长更新鲜的草木供给这些动物，到处烧荒，成片成片的草木黑炭和枯死的树干。憨厚的犀牛领着孩子低头不语；象群理直气壮堵在路上，远远的还跟随一只象，似犯了错的样子，导游说它就是因为犯了错才被象头如此惩罚的，象头都是母的，大象是母系社会。

长颈鹿也吃动物骨头，为的是给长长的脖子补钙。两只野猪崽在荒草中穿进，野水牛慢慢悠悠迟疑地走着，因为它们走过六百米就忘了所有前因，哪怕六百米前有过雄狮的追捕。羚羊很大，花鹿很小，灰黄，与草丛同色。

这些可爱的动物都不怕我们的车，它们看惯了车，车绕过路上的象粪、犀牛粪前行。象粪比犀牛粪偏淡，因为大象吃树尖上的嫩叶。

没有看见狮子、豹子，它们因为天热都在草丛中睡觉，它们吃饱一顿可以睡觉上三天不进食。

拍出的照片不像摄影书的浪漫，但这确确实实是非洲草原，这里叫 Hluhluwe。

晚上我们住在丛林深处的帐篷旅馆，很远一间幽暗的帐篷，睡前锁上门，否则猴子会进来。帐篷内像一般旅店一样，有床有洗手间。晚饭吃的是羚羊，当然和藏羚是同类，但很大，很多，不像藏羚那么不让捕杀。

但愿明天能看见狮子、豹子。

2014 年 8 月 10 日

早晨 7：00 帐篷外的小鸟把我叫醒，非洲的小鸟叫声很轻柔。很久没看到这么早的阳光，清淡淡地横扫树冠。

9:00到了一个部落，不是真正生活中的，是给游客表演的部落，看了一个酋长娶三个老婆的微缩景观和歌舞表演。

午饭赶往另一个国家，Swaziland，这是在南非内的另一个国家。在各种铁丝网内的规范的建筑内我的护照紧随三蒂的护照盖了章，我对三蒂说：嘿，中国护照还和你美国护照一样方便呢。接着去绕进另一个建筑，是Swaziland海关，看看我的护照，扔了出来，说是需要签证。唉，这时我才突然发现，我和美国护照同等顺利通过的是南非离境海关，要想进入另一个国家，哪怕芝麻大小的国家，区别开始了：我进不去，中国护照进不去。再看看我的南非签证，原来是一次入境签证，这就意味着我无比顺利地离开了南非，可我既进不了Swaziland，也回不了南非，我成了多棱镜的那小子，得在边境线上过日子了。三蒂和导游不停给LV打电话，LV以为人人都能随意往来Swaziland，他们把我当成了“人人”，他们真的没想，他们也想不到中国护照怎么就和别的游客不一样呢！回南非是目前我最大的奢望啊。

没想到通过三蒂和导游的游说，我还真的回到了南非，虽然只隔着铁丝网，可我知道按照法律我是应该住定国境线的。

稀里糊涂离开Swaziland，踏上过这个国土，没见过他们生活的一个小时！

我们只好打破原计划，提前赶往南非的下站：Kruger。

车行至少六小时，一路风景，从太阳直射的中午（好在此时我们坐下来吃午饭），直到夕阳西下，再到满月从东方升起，再到月悬正中，一路上，我看大山大水，辽阔得像传说中的中国。现在的中国哪还有这么辽阔的土地，到处已经是楼房，城市间已经没有缝隙，何谈辽阔。

南非的树木直插云霄，真直。只有树尖有些树叶，像剔了肉的秋刀鱼插在满山遍野。这些美丽直挺在中国建房都舍不得用的树木，都是用来造纸的，天哪，我家的造纸厂怎么和人家比呀，太奢侈了。一茬茬砍伐，一茬茬补种，比朝鲜阅兵式还整齐。

晚上 9：30 到了 Kruger，旅馆是葡萄牙风格的，叫 Casa do sol，太阳之家。冲进旅馆我做的第一件事是看看马桶的水是向哪个方向转的，我听说南半球和北半球相反。事实是，南非的马桶水是顺时针转的！北半球呢？我忘了。就像这里的太阳是在北面的，面向这里的太阳我真的不知道左手是东还是西。

2014 年 8 月 11 日

这里真是太阳之家，远山幽蓝，近树灿烂，微风飒飒，血红的、火红的、鲜红的花树争奇斗艳。非洲太美，美得让我不停咳嗽，我的身体让我呕出所有以前的脏货，换成鲜亮的内脏。

中午懒懒地在阳光下吃了三文鱼卷，下午去看大象。这是 Casa do sol 从拍卖行买来的大象，有时野生公园大象太多会破坏环境，因为那个环境不够如此多的大象生存，于是卖掉一些。被驯化的大象很可爱，你可以摸他的皮，他的牙，他的耳朵、腿和舌头，我像瞎子摸象一样摸了个遍，没想到大象的毛像针一样扎人。摸了象，象就变小了，没那么吓人了。最后大象用鼻子啄了我的脖子，那是吻别。

2014 年 8 月 12 日

“非洲的太阳刚刚升起，我的女儿生快快。”

一大早 6：30 起床，7：30 出发，去 Kruger 国家公园，太大，一整天我们的车也只转了个角落吧。野生公园在大片的无垠的草原上。许多树木枯死，倒下的也大都是大象弄的，大象吃树，树死草枯，于是放火烧了，再生新树新草。大象太多会破坏环境的原因在此。

还真看见了狮子，只是太远了，透过长焦距才看到一男一女狮子在树丛中躺着。

太多的鹿、河马和大象。前面堵车了，说是有豹子，到近处还是没看到。

出了公园，路边还有鹿，我下车，鹿全跑，动物不怕车，怕人。因为在公园里，人不许下车，车在各种动物间爬行。动物很安静，每时都在寻吃等死，活着就是事业，不用干什么事情。

2014 年 8 月 13 日

早晨出发去大峡谷（Blyde River Canyon）。途经金矿小镇，缓慢的美。那是一百年前的小镇。

到了号称世界第三大的峡谷，壮观。听到人声嚷嚷，那一定是中国人在那儿合影，后来到了另一个有瀑布的景点，也听到中国人大声喊着："看呐，那么多狒狒在那儿过桥呢！""不是猴子，那叫狒狒，比猴子大多了。"

前几天去的地方没见过中国人，都很安静，动物很安静觅食，人们很安静在车里远观，即使难得一见狮子，堵了很多车，也没见一人大呼小叫，这要是中国人，一定按喇叭、吹口哨、大喊，甚至扔石头，好让懒散的狮子活跃起来。

这里很多景点是免费的，厕所也免费，而且里面有手纸。

自然界很安静，动物很少，乱跑乱斗，既听不到大象的嘶鸣，也听不到豺狼的长吼，狮子也不会伤人，因为他们能吃到更省力吃到的食物。大家都懂得成本法则。

动物不仅维系着生态平衡，也应该会慢慢教会中国人自律。身为中国人，外出旅行，我深感可耻。

非洲贫穷，但都辟出大片大片的野生保护区，这是地球人的福气。

中国还在扩张着水泥瓦砾，仅有的自然景观也大都被圈起来收费或开发别墅、乐园之类，我羞于唯我独清的抱怨姿态，只是应尽地球人应有的良知。

2014 年 8 月 15 日

昨天老婆孩子来了，下午她们去骑大象，我在边上画了几棵树，素描。

今天我们一行又赶往另一个野生动物保护区，住在 Waterside Lodge，从土路进这个门，车行半小时，这个旅店其实就是动物中心，有鹿和野猪在草蓬的住房间吃草，店员迎门送上热毛巾，很有“看不见的阶级”的意思。下午又坐上他们准备的“军车”，完全敞篷，三排坐很酷，在没什么路的野地里行车，爬坡下沟无所顾忌，转眼停车，居然就在两组狮子中间，左边一只雄狮睡着，右边一雄一雌睡着，车的声响只让雄狮抬起半个头，睁开半只眼，根本不理我们，又睡了，雌的根本没动毫毛。

这是我第一次如此近看狮子，车子离他们只有两米。狮子太霸气了，丝毫不把任何事物放在眼里，它没有天敌的样子，简单地横躺在荒草上，周围空茫茫。

车子又启动前行，狮子没有再见的意思。在另一拐角又看到了豹子，满身豹点，荒草土坡上不停地舔着自己的毛，干净极了，华丽得眩目。也是不理近在咫尺的我们。过一会，伸个懒腰，走了。

日落西山，车停丛林中，侍者拿出酒水肉干、干果，我们在动物丛林中享受“走出非洲”的生活。这是拍摄汽车、红酒、酒杯广告的最佳地点。

天黑下来，我们原路返回，狮子们还在那儿睡着，导游说闪光灯拍摄也没事儿，我们拍了它们一动不动，它们还没睡足一天二十小时的睡眠时间。

2014 年 8 月 16 日

早晨 5：00 起床，一片漆黑，我们要去看日出。

一行人备车，听见低吼声，导游不动，大家不动，凝视近处丛林，那是狮子的吼声。

天见白，阴天，没有日出，天淡惨白。车走不远，仍听吼声，远远的丛林中的土路的十字口上有一牛站着，定神望去，是狮子，左右张望，停停走走向我们过来，吼声震心。贴车而过，我认出是昨晚单独躺在左侧的雄狮。我问是饿了吗，导游说是在找同伴。它卧坐车前，左吼右看，焦灼忧伤，女朋友不见了，本来说好的哥俩共享女友，一觉醒来，女朋友和哥们走了，妒怒焦虑全在面部和吼声中。

近在咫尺，我画了它，记住了它的烦躁。

车又前行，在干枯河道的沙子上游走，像坐在船上。又辗转谜一样的树丛，一群大象吃树皮踏荒草，横扫过来，几乎贴着我的脸而过，我不敢呼吸，怕他们的鼻子或长牙把我卷走，庞然大物贴身而过，我只画下几根线条。

在一片开阔地，我们停下来，导游司机摆上红酒小吃，在这片原始丛林中这真是最奢的趴体了。

我坐在横在荒地干枯的树干上画了水彩，水彩盒太小，有时我把颜色调在树干上。

画完了，喝酒，夕阳西下。导游小心地用水洗着树干上我调的几笔颜料，我惭愧，也让我坚信五十年后这里依然会保持完好的原始生态，因为这一个人的举动就足以说明这里人对自然的爱。

2014 年 8 月 19 日

一声惊叫，喻红掀开窗帘一角，粉红色条状彩云布满天空，我们躺在火车的床上，朝霞满天飞，太阳刚刚跳起，粉红映照车厢，没看到的日出出现在今天的戈壁草原上。

我们 17 号早晨从 Kruger 飞到首都 Pretoria，有一巨大的曼德拉铜像，拥抱这个城市，铜像下面是灿烂欲滴的罂粟花。

小住一晚，18 号早晨赶往火车站。两黑人侍者已候在车前，推着行李车，引领我走过红地毯，是贵宾候车室，一排黑人侍者候着，各领几组客人上火车，这是 Blue Train，每节车厢四个单间，单间有可放下的大床和精致的卫生间。我们躺着卧着要度过漫漫二十七小时。火车很慢，走走停停，窗外的风景由平原、戈壁过渡到山区和葡萄园，也从白天过渡到黑夜再到白天，掠过成片的贫民区，掠过漂亮的中产阶级小镇，掠过米黄色的荒草平原，掠过高山小河，掠过成群牛羊，就是没有水泥林立的城市。没有夸张的城市的南非是富饶美丽的。

我在这只有八十人的豪华专列上拍到了一对老人吃早午饭，也拍到一个澳洲女子吸烟，还有训练有素的黑人侍者。

到了南非我不得不钦佩英国殖民带来的管理系统，使这个国家发展有条不紊，满眼自然景观又不失为非洲最发达的国家。

下午 2：00，Blue Train 将会到达 Cape Town。车窗外已经是成片成片的葡萄园，白云笼罩远山。

我和喻红、红孩儿躺在床上看着老电影《走出非洲》。丹麦女子嫁给男爵，从此叫男爵夫人。到了非洲，离异，情人驾机身亡，她的咖啡庄园大火烧尽，临别她问男仆是否还记得她的名字，男仆说你叫凯伦。来时叫凯伦，临别仍叫凯伦，从此没有再回到非洲。

2014年8月21日

这几天都在Cape Town。它也是首都，南非有三个首都，Cape Town整个城市围绕一座大山而建，面对大西洋，狂风怒吼，巨浪滔天，云变莫测，是凶狠之象。像一把剑插在海中，防止地球大陆继续南移。彩虹随处可见，我总纳闷谁能测量出彩虹离我的距离。

在Bokaap街都是五彩六色的房子，这是穆斯林居住区。听说九四年后他们因为自由而兴奋，一夜间把各家的房子都刷成了极其亮丽的黄色、红色、紫色、绿色和蓝色。阳光下炫目耀眼，阴雨天像糖果一样可爱。

在植物园有各种花草树木。我最喜欢那种蓝色的树木，它像没有树干的棕榈树蹲坐在山坡上。自然界中的蓝色有不可思议的妖艳幽深之美。

中午，我一人闲逛到一家中餐馆，掌柜是东北人，说的英文听起来完全是东北话，说起话来收不住嘴：现在南非呀，打工不划算，2010年世界杯以前，这儿的钱比人民币是1:1.4，现在反过来是1.7:1，现在在这儿挣钱换成人民币，再让倒钱人挣点，寄回国就没啥钱了。现在不像白人统治时经济那么好，虽然现在医院、学校免费，但是医院没毯子，没好药，学校没好的老师和书本。政府用人先选黑人，实在不行再选杂色人，最后才选白人。

警察不管事，杀人花钱就能整出来。不像中国抓住小偷就查你前科，这块儿抓了踢两脚就放了，他们都散居着，铁皮小屋内，千万别去那儿啊，那儿天天杀人，他们翻脸不认人。就福建人不怕，哪儿危险他们去哪，真有挣钱不要命的。这有好多艾滋病啊，别到处瞎玩儿，小心啊，拜拜啊。

2014 年 8 月 23 日

离开 Cape Town，又飞回约翰内斯堡。

在 Cape Town，我们还去了“桌子山”，顾名思义，像一个巨大的桌子一样，横在城里。山下阳光，山上阴雨几乎飘雪，很冷。又去了一个酒庄和边上的小镇，小镇很清凉，有座小白房子，一棵大树，阴森森倒像一个典型的院落，近看原来是座小教堂，是基督教里一支新教，教徒被挤压，都从法国来到这里。

我们去了“好望角”，非洲最南角了吧。向南望是南极，距此六千多公里，向北望是北京，一万两千多公里。东面印度洋，传来赤道的温度，20 度左右，西面大西洋，涌来南极的冰水，14 度左右，在此汇合，相差 6 度。

回来的路上去看企鹅，南非的企鹅才三十多公分高。叫声却像驴吼。群驴吼声一片。走起路来像婴儿学步，经常自己绊倒。任何东西只要像婴儿都可爱至极。一只追着另一只翻滚下坡，骑在身下叼住不放，又过来一只，用嘴啄了一下强者头部，强者松嘴，身下那只可怜的企鹅拍拍身子，怕别人看出自己的委屈似的，昂首走进群鹅中，

飞机是下午的，一个多小时，到约翰内斯堡已是傍晚天黑。下榻酒店是 cassino（赌场）一部分，也是人山人海，假天空，仿佛户外。

没有拉斯维加斯气派，不知澳门怎样，没去过。

2014 年 8 月 24 日

上午去“非洲之母”，瞻仰人类的母亲。此地离约翰内斯堡一个小时车程。平常的丘陵平原上，漫坡深草，有一个洞，里面有钟乳石，在 160 米深处，二十年前考古学家找到了这个母亲的化石，据说当年她是不小心掉到这个深洞才得以保存了她的化石。她是智人，约三百八十万年前，先于现代人。

出洞口，不远处还有几户人家，不知他们住这儿多久了，守着最老的祖先，院里晾着衣服，阳光明媚，万里无云。寥寥几声鸟叫，大片烧荒过的黑土。如果天天什么都不干，只在地里捡豆子，也许现代人能回到过去见老母呢。

2014 年 8 月 25 日

为了让我们能看到和拍到当地人的日常生活，旅游公司给我们特意安排了一个黑人司机。我们先去种族隔离博物馆，有照片、录像、实物等，非常丰富的史料展现了 1994 年以前的南非社会。曼德拉和古巴的卡斯特罗、利比亚的卡扎菲都是要好的朋友。他有共产主义思想，消除阶级，平等社会。他在 1962 年四十多岁时入狱，罪名是烧毁护照、结社反政府，被判无期。事态变化，1990 年出狱，斗争四年，1994 年成为总统，消灭了种族隔离。当时让位的白人总统后来是他的副总统。

出了博物馆，我们又去城边的镇，曼德拉的故居在此。一个很小的铁皮顶的房子，两个卧室，一个小厨房，院子只能容下两棵小树、四把餐椅和一些杂草。看来伟大的人都像蒋中正说的生活要简单，思想要复杂。

导游带我们离开这里向另一个镇驶去，路过一片区域是一排排平房，偶有家人出入，很像我小时候的金城。我请导游带我拍点照片，导游说我们先去一个市场然后带我们回来。市场很多人，路边卖着各种杂物水果。空气中是烧垃圾的各种蓝烟，有人打架，导游带我们避开，又有一卡车空酒瓶砸碎一地，人们呼啦啦围过去，实弹警察、警车都来了，好不热闹，我们也凑过去拍照。

三蒂说好像导游不高兴了。我说那我们就走吧，不高兴的事儿尽量早结束。车上，导游突然很气愤，说我是导游不是陪记者拍照的，你们会发表这些照片，你们完工了，我完蛋了。三蒂解释说我们不是记者，我是画家，只是借助照片画水彩，可能会把街上的人画成在海边或者草原上，我们只是用绘画的形式介绍现在南非的动物、植物、街景、草原和些许人物。导游不理会，给公司打电话说我是导游，我只带游客，我不带拍照片的人，我不高兴。他忽而加油，忽而刹车，他的突变一下让我想起上次伦敦埃及饭馆阿訇的突变。车在僵硬的空气中驶过我想去的那个“金城”，可我不敢吱声，任凭导游把我们送回旅馆。

我在想我错在哪呢？去哪儿、拍照都是他事先安排的，为何突然变脸了呢？是应验了东北饭馆掌柜说的那句翻脸不认人吗，还是种族隔离时期的噩梦一直缠绕着他？三蒂和我对他们来说是外国人，也许他爱国爱到不让外国人看到不该看到的东西，但民主制的南非不至于像朝鲜那样子吧？我无解。这次是LV邀我画一本书介绍南非，我不能不拍照啊。我强调日常眼光，而非殖民者角度。

2014年8月26日

昨天睡得好，今天有精神。老导游老Herwig又回来了，他带我们再去城边小镇，昨天没实现的今天都拍到了，一排排小平房，一些人晃来晃去，很安逸祥和。

中午去城中心，号称南非“华尔街”，吃了饭又在城里转悠，路边过街处有许多木雕，真是最有趣的，真正为人民服务的艺术，木雕都被等着过街的手摸得油光锃亮。

一大桥横跨铁路，密密麻麻的铁路、车厢和电线，远景是闪亮的约翰内斯堡。

马上回旅馆，今天晚上就离开南非了。心有眷恋。

将近一个月的南非，数不清的风景、动物和人物，也数不清多少树木花草，到最后脑子已被塞满，像身体一样懒得动了。

南非真美。如果站在全球观来讲，非洲不仅美而且奉献了自然的力量，其他地方都在盖大楼、乱垦资源大搞军备竞赛的时候，非洲用自己的自然大地平衡这些过分的地区，得以让我们这些贪婪的人们苟延残喘。

推开窗，窗外就是一片灰绿色的野生树丛和枯黄色荒草，一行野鹅从傍晚的空中飞过，深深听几声哀鸣，闭上眼，没有更好的地方了。

走了，南非，将来还会去非洲其他地方的。真不愿“走出非洲”。

再狠狠地抽上一支烟。